信号

下

[韩] 金银姬　李仁熙　著

薛舟　徐丽红　译

中国友谊出版公司

目 录

CENE · DO · NOT · CROSS //// CRIME · SCENE · DO · NOT
//// CRIME · SCENE · DO · NOT · CROSS //// CR

洪源洞连环杀人案

홍원동

首尔市 洪源洞

1997年10月—12月

　　"嘘，不要发出声音，要不然会挨训的。"

　　秀贤竭尽全力想要叫喊，然而力不从心，呼吸渐渐变得微弱。

　　"再等一会儿，我会让你舒服的。"

"朴海英警卫？朴海英警卫？"

海英听到有人呼叫自己。他看了看表，23点23分。没错，是李材韩刑警。

可是，海英已经把对讲机扔进了碎纸堆里，声音又是从哪里发出的呢？他循着声音走过去。声音来自一个办公桌的抽屉里。他拿出对讲机，又看了一眼办公桌上面的名牌。"广域1系长 安治守"。这个对讲机为什么会在安治守系长的抽屉里？海英想不明白，一时不知所措，拿着对讲机站在那里。

"朴海英。"

正在这时，海英听见身后有人叫自己。回头一看，只见安治守面无表情地站在那里，好像很气愤的样子。

"这个怎么在系长这里？这是……"

海英紧绷的脸上满是疑惑，复杂的心情暴露无遗。

"这怎么了？这是你的东西吗？"

安治守以他惯有的淡漠语调回答。

"您这么说好像您知道这个对讲机是谁的。"

安治守系长知道李材韩刑警吗？海英等待着安治守的回答。

"你想知道吗？这是李材韩刑警的东西。"

"您说这是李材韩刑警的对讲机？"

海英惊讶地反问。

"对，这是李材韩刑警随身携带的东西，像个符咒似的。15年前，调查李材韩失踪事件的监察室职员搜查周边的荒山野岭，最后在李材韩的车里发现了这个东西。以前一直保管在证物室，现在过了保管期限，准备做废弃处理。

信 号 ［下］

—

可是，这个对讲机为什么会在你手里？"

"您怎么知道这个对讲机在我手里？您不会在监视我吧？"

海英的疑心越来越重。他确信安治守一定有什么秘密。

"你先回答我的问题。你和李材韩刑警是什么关系？为什么要调查李材韩刑警？"

"怎么了？我想了解李材韩刑警，不可以吗？还是李材韩刑警的失踪背后藏着不能让我知道的秘密？"

安治守的神情突然变得扭曲。他把脸凑到海英跟前，怒视着他说道：

"李材韩刑警的失踪事件，没有秘密。"

气氛紧张到了极点，仿佛马上就要动拳头。两个人就这样紧张对峙，直到有其他刑警进来，气氛才有所缓解。安治守用只有海英才能听到的声音说道：

"你再动我的书桌，我绝不放过你。"

"我的东西，我要拿回去。"

海英拿着对讲机回到家里，坐在书桌前，陷入了沉思。

"那时候，对讲机落到我手里，真的是偶然吗？"

海英拿着对讲机看了一会儿，想起在货车里寻找自己的声音。"朴海英警卫，朴海英警卫……"深夜废物堆里的旧对讲机里，飘出了自己的名字。

"为什么是23点23分？为什么？为什么偏偏是我，为什么？刚才安治守系长说这个对讲机是从15年前失踪的李材韩刑警的车里发现的。那么……是的，李材韩刑警失踪事件，这里面藏着秘密。为什么是我，通话为什么会开始？"

海英想起上次委托监察室翻看的"振阳署重案组李材韩失踪案调查报告"的文件。

2000年8月3日，金允贞绑架案调查途中，不服从上级的出动命令，失踪。

2000年8月10日，李材韩失踪案，由监察室接手。

逮捕和取证首尔东部地区长期走私组织成员金成范过程中，嫌疑人陈述曾长期向振阳署重案组李材韩送礼金。

调查过程中发现，因减少或隐瞒对长期走私案等13个案子的调查，共收取2.1亿元现金。

发现听证监察室在调查自己，李材韩潜逃。

本人的汽车丢弃在13号国道边。

8月3日之后，手机、信用卡未曾使用。

嫌疑人行踪不明。

因时效完结而结束调查。

海英似乎理出了头绪。

"李材韩刑警失踪的时候还戴着腐败警察的帽子。给李材韩刑警泼污水，伪造事件的警察内部助力者，找到这个人，就能查清楚李材韩刑警为什么失踪，又是怎么失踪的。"

金成范从事高利贷行业，经营夜总会，通过各种手段获取暴利。他拿出一捆捆现金，忙着在账簿上做记录。1995年，他通过金字塔诈骗案赚了20多亿元，成为江延洞金字塔案最大的嫌疑人，但是案子因证据不足而终结，他安然无恙地在黑暗世界里横行霸道，一路走到今天。

"社长，您的快递。"

服务员放下的文件袋上写着"安治守"。看到这个名字，他先是叹了口气，随后撕开了袋子。里面有一张纸。

"韩城大厦后停车场，4点，不要用手机，关于李材韩事件的指示。"

看到字，金成范迟疑片刻。现在又提什么李材韩事件的指示？金成范继续整理账簿，然后把钱塞进保险柜。如果没有当初那个事件，现在装着这些钱的保险柜就不会属于自己。所以只要是与李材韩刑警有关的事情，他必须密切配合。

"不是说让我像死了一样不要出声吗？现在又让我去。"

金成范很不耐烦，但是安治守联系自己，他只能二话不说就出门。

"招之即来，挥之即去，忠诚度还是很高的嘛。"

等在停车场的人不是安治守。海英在李材韩刑警失踪事件调查资料中发现了这个名字，于是来找名字的主人。看到金成范，海英就嬉皮笑脸地说。金成范掩饰不住慌张。海英接着说道：

"快递服务不错啊，不让别人知道，在准确时间送达准确的人。"

金成范有些不知所措，但他还是努力保持镇静。

"你在说什么？"

"是安治守系长吗？那个把李材韩刑警变成腐败刑警的人？"

海英淡定地笑着问金成范。

"安治守是谁？我不认识。"

海英知道金成范不会轻易就范。

"安治守系长一个人是不会做这种事的，尺度太大了，后面还有谁？"

这么下去不行，金成范皱着眉头，用威胁的语气说道：

"我不知道这件事，如果你想调查，最好带着搜查证来。"

威慑对方之后，金成范迅速离开停车场。有问题。透过金成范慌张的表情和行为，海英可以判断，李材韩刑警的失踪与安治守有关。

街头充满浓浓的年末气息。树枝上装了灯泡，闪闪发光，人们的脸上也莫名地洋溢着兴奋。一年即将结束的时候，材韩无论如何都想查出满身腥臭的金范周的蛛丝马迹。那天他正在向情报员打听金范周的狗腿子金成范的情况。

涉案资金高达20亿元，金字塔诈骗案的嫌犯金成范因证据不充分而被释放的时候，负责警察正巧是金范周。两年过去了，金成范仍然在昂首挺胸地大赚赃钱。材韩偷偷看过他的汽车后备厢，里面堆着很多苹果箱子。不知道装的是什么，也不知道要送到什么地方去，但是材韩凭直觉知道这里面散发着腥味。

告别情报员，回到警察署，秀贤正在大厅里装扮圣诞树。对这些琐事毫无兴趣的材韩假装没看到，径直从秀贤身边经过。

"你去哪儿了？"

信 号［下］

—

　　"问这个干什么？"

　　秀贤拿着星形灯泡，小跑着跟在后面。材韩闷闷不乐地回答。秀贤并不在意，仰起像星星一样闪光的脸庞，问道：

　　"前辈，圣诞节干什么？我有免费电影票。"

　　秀贤飞快地从口袋里拿出两张电影票，递给材韩，让他和朋友一起去看。不知为什么，材韩的表情有些僵硬，秀贤小心翼翼地继续说道：

　　"因为……这些天你教了我很多东西，作为感谢，送给你的。"

　　"我不看电影。"

　　材韩打断秀贤的话，冷冰冰地回答。

　　"什么？"

　　"我说我不看电影。"

　　十几年前初恋情人媛静死于杀人魔之手，材韩独自坐在本来可以两个人一起去的电影院里，哭着看完了电影，然后就再也没有去过电影院，也没看过电影。抓住伤害无辜的坏人，不让媛静这样的受害者再次出现，这是自己的赎罪之路。材韩一直都这样认为。对不了解情况的秀贤过于冷漠，这让材韩心里有些不忍，但是现在他还没有心情接受后辈的撒娇。

　　不至于这么严肃吧？秀贤有些惊讶，不过她想，也许材韩总是被工作追迫，实在是太累了。一定要尽快成长为独当一面的警察，为前辈分忧。这样想着，秀贤继续装饰圣诞树。

　　"车秀贤，组长有指示，快来。"

　　走进办公室，金范周组长正在下达指示：

"接到通知，从今天开始，进入超时非法营业集中管理期。刑警机动队和管辖署共同参与，随时待命，有问题吗？"

大家都默默不语，只有材韩举起了手。

"年底本来就乱糟糟的，根据上级指示提高破案数量固然重要，可是大韩民国刑警机动队难道不应该忠实于民生和治安吗？这又不是让菲多·艾米连科[1]做针线活儿，对生龙活虎的家伙们集中管理工作时间之外的营业，这算什么事啊？"

材韩拿起正济桌上的照片，继续冷嘲热讽：

"这个不错啊，江南6件，江西5件，共作案11次的盗窃犯，虽然不是什么巨额大案，但是人们因为国际金融危机愁眉不展的时候，榨取市民血汗钱的家伙，难道不应该抓起来吗？"

材韩的话让安静的办公室更加安静，金范周慢慢地走向材韩，低声说道：

"你就那么想抓那个盗窃犯吗？"

"想又怎么样？"

金范周恼羞成怒，朝着材韩的腿踢了一脚。面对突如其来的攻击，材韩不知如何是好，只是使劲盯着金范周。

"垂下眼皮！我是你的上司。那么想抓就去抓吧，只能在白天。晚上要是不到现场，我就算你不执行命令。有点儿辛苦，不过，应该没问题吧？"

金范周像是故意气他，笑嘻嘻地问道。材韩咬牙切齿地回答：

"当然。"

---

1 菲多·艾米连科是俄罗斯格斗选手，曾服役于国家柔道队。——译注

信 号 ［下］

—

"你得多忙啊，不分昼夜地工作，还要背后调查别人。解散。"

金范周回到座位，正济满脸担忧，走到材韩身边。

"乖一点儿嘛，只要听话，他对下属还是很好的，早早就让我们回家。"

"你这样活着好了，我不要这样活，臭小子。"

"啊，真是的，那个盗窃犯，以后我和你一起抓。"

"算了，我自己去抓。我就是这种不认输的性格。"

秀贤心里很是为材韩惋惜。她捡起被金范周扔到地上的盗窃犯的照片，看了一会儿，递给材韩。

"能看到脸吗？我没看到，这怎么抓犯人呀？"

"你拿着吧。重案班警察是用脸抓人吗？用意志抓！喂，工作去吧。"

材韩气呼呼地对秀贤说。

直到第二天凌晨，非法营业管理才结束。材韩很疲惫，但他还是一大早就急忙赶去了盗窃案发生地附近的汽车修理厂。

"车型是大洋GS240，对吧？最近有没有委托修理或者改装的这种车型？"

连续几天像抓虱子似的翻找汽车修理厂，重复着同样的问题，却始终没什么成果。体力上很辛苦，但是材韩没有放弃。每次看到材韩利用空隙时间打盹儿，秀贤都很难过。她死死地盯着那张照片。虽然脸部被头盔遮住了，看不清楚，不过她看了一遍又一遍，已经烂熟于心。材韩出去寻访调查的时候，秀贤也不停地看照片。"拜托你出现在我梦里吧。"有时她就这样祈祷着入睡。

一周过去了，某个凌晨，超时营业管理时间，材韩和正济调查非法营业的酒吧。老板向他们求情，说这是一年中最好的时候，请他们高抬贵手。

秀贤乖乖地站在和老板争论不休的前辈身后，注视着路口等待信号灯的摩托车。仍然戴着头盔，但她确信，那个人的姿态、腿长、气质都和照片上的人一模一样。虽然看不到脸，但是照片看了太久，凭感觉就能判断出来。

"那……那个是盗、盗、盗窃犯！"

秀贤不顾一切地朝摩托车跑过去。材韩看了车型，和照片上不同，于是跑出去阻止秀贤。秀贤已经纵身冲向正要出发的摩托车。

回到办公室，材韩大呼小叫地责怪秀贤：

"你真的疯了吗？"

"说得是啊，幸好那个人真的是犯人。来，为我们的老么鼓掌。"正济说道。

秀贤披头散发，到处是擦伤，还流着鼻血，就这样狼狈不堪地笑着接受大家的鼓掌喝彩。

"不过你是怎么看出来的？戴着头盔，根本看不到脸啊。"正济问道。

秀贤像半疯似的回答说：

"在梦里见过。"

这是什么话，真是让人匪夷所思。所有的警察都目瞪口呆地看着秀贤，材韩一锤定音：

"你们看，她完全就是疯了。"

虽然材韩这么说，不过秀贤知道，这不是他的真心话。她奋不顾身地飞出去，扑向盗窃犯的时候，最先冲向自己的人是材韩。把嫌犯交给正济，帮

信 号 ［下］

—

她擦鼻血，卷起纸巾塞进鼻孔止血的人也是材韩。受伤了怎么办，为什么要那么莽撞地冲出去？材韩发火也是因为担心，这是不懂表达的材韩特有的表达方式，秀贤明白。

尽管抓住了盗窃犯，不过对于想要寻找机会抓材韩小辫子的金范周来说，这并不是好消息。等着瞧，金范周。材韩也在心里磨刀霍霍。

"车刑警，我有件事想问你。你说李材韩刑警是你的直属前辈，那么他是个什么样的人？"

"你问李材韩前辈干什么？"

"因为他，我们找到线索，抓到了韩世奎。我心里很感激，所以什么都想了解。听说他和安治守系长一起在振阳署工作过，两位关系好吗？"

秀贤死死地盯着海英。过了一会儿，她像戳中要害似的说道：

"这样看来真的奇怪啊。金允贞案、京畿南部连环杀人案、韩世奎案，凡是你感兴趣的案子，怎么每一件都和李材韩前辈有关系？"

"是……这样吗？我没注意。"

海英有些慌张。他好像第一次发现似的，呆呆地笑了。秀贤故意装作什么都不知道，回答说：

"前辈和安治守系长关系怎么样我不知道。听说李材韩前辈因为仁州发生的案子而调动时，两个人第一次见面。"

海英的脸上露出了掩饰不住的冰冷。

"仁州？"

"怎么了？你知道？"

"我的……家乡。"

"那你也应该听说过那个案子，1999年集体性侵女高中生事件。"

"那个案子也是李材韩刑警调查的吗？"

怎么可能？海英的脸上满是震惊。

"对，前辈也是调查组的成员。"

海英如坐针毡，秀贤感觉奇怪的同时，也很担心海英。

"怎么了？"

"啊，没什么，谢谢你的回答。"

海英没有再说什么，转身走了。秀贤察觉出海英的异样，给情报科的朋友打电话，约了见面时间，她要对海英有更多的了解才行。几天后，秀贤从情报科朋友那里听到了出人意料的消息。

"朴海英的哥哥朴善宇是前科犯。"

"什么罪？"

"仁州女高中生事件，听说过吧？一名女高中生遭遇集体性侵的案子，朴善宇是当时受到惩罚的主犯之一，在少年院关了几个月出来了。面试警察的时候，这一点也曾经成为障碍，但是当时的审查委员认为应该给艰难成长起来的学生机会，所以就通过了。"

"他哥哥呢？现在还住在仁州？"

"不，从少年院出狱没多久就自杀了。"

以前海英几乎从没说过自己的私事。每次吃饭或聚餐，按理说偶尔谈到

信 号 ［下］

—

自己的家人也是人之常情，然而海英从来都没有提过。偶尔桂哲问起他的兄弟姐妹或者毕业学校，他也总是支支吾吾地搪塞过去。哥哥朴善宇的事情，还有海英经常调查李材韩前辈，秀贤确信他肯定藏着秘密。究竟是什么秘密呢？他和材韩是什么关系？秀贤打算继续观察。

"请帮我转一下车秀贤刑警，她不接电话，我有急事。"

秀贤和情报科同事见面的时候，有人打电话到办公室，说找秀贤有急事。打电话的人是秀贤的妈妈。她的声音里充满恐惧，说家里进了小偷。接到电话的海英急忙跑到秀贤家，发现窗帘杆掉了，客厅柜子的抽屉都打开了，秀贤房间的书桌也倒在地上。家里乱糟糟的。

"您没事吧？"

"这，这……"

秀贤妈妈的语气和刚才有点儿不一样。

"打过112了吗？"

"这，真是对不起，这可如何是好，对不起，真的。几个孙子太淘气了，我出去一会儿，回来家里就变成这个样子了，我以为家里进了小偷，所以给秀贤打了电话。"

海英无言以对了，但他还是笑着说没事儿。

"谢天谢地，幸好不是小偷。"

"太对不起了，不过我怎么看你都觉得好帅。"

秀贤妈妈没头没尾的话让海英面红耳赤。他急忙道别：

"什么？啊，谢谢，那我走了。"

"哎哟，来都来了，喝点儿东西再走吧……啊！"

大概是因为起得太急扭到了腰，秀贤妈妈突然腰不会动了。海英吓了一跳，先扶着她坐到沙发上。

"我现在不能坐着啊……我得快点儿收拾，啊，啊！"

"您先坐一会儿，我来收拾。"

海英开始简单地收拾房间。秀贤的妈妈躺在沙发上看着海英，不停地跟他说话：

"你多大了？"

"什么？啊……今年27岁。"

秀贤妈妈看着海英，露出心满意足的微笑，接连让海英帮忙做这做那。往米桶里倒米，搬花盆，给秀贤房间换灯泡。秀贤妈妈拿着旧灯泡走出房间，说给海英倒杯冷饮，海英这才慢慢地观察秀贤的房间。房间里乱七八糟，角落里放着一本小小的旧手册，上面写着"振阳署李材韩"。那是2000年的手册。

海英瞪大眼睛，拿起手册。他一页一页慢慢地翻着，字体挥洒自如，记录了各种案件的信息。最后一页夹着一张字条。海英把字条塞进裤兜，匆匆喝完秀贤妈妈送来的饮料，就赶紧离开了。一回到家，他就坐在书桌前，拿出字条。

1989年京畿南部案

1995年大盗案（振阳新城开发腐败案）

信 号 ［下］

一

1997 年洪源洞案

1999 年仁州女高中生案

京畿南部案和大盗案都是通过对讲机已经解决的案子。那么，以后会不会有关于洪源洞案和仁州女高中生案的呼叫呢？

他在网络搜索窗输入"1997 年洪源洞事件"。正在这时，嘀嘀，对讲机又响了。海英从包里翻出对讲机。

"李材韩刑警？我是朴海英。"

材韩正在和其他警察处理超市营业时间问题。嘀嘀，不知是谁的对讲机响了，材韩本能地判断是海英发来的，于是推说要去卫生间，离开了人群。走到繁华街道旁边的僻静胡同，他从口袋里拿出对讲机。

"是的，是我，李材韩。这段时间怎么又联系不上了？我以为你真的把对讲机扔了。"

"这段时间对讲机响过吗？除了我，您和其他人通过话吗？"

"响了几次，但是听不到声音。怎么了？出什么事了吗？"

海英望着手里的字条，问道：

"那边是哪一年？还是 1995 年吗？"

"不，1997 年，过去两年了。"

1997 年距离仁州事件还有两年，材韩现在还不知道仁州发生了什么事情，也不知道安治守是谁。

"你那边是哪一年？"

"还是2015年。"

"怎么回事，还没变？"

"是的，1997年，您在调查洪源洞的案子吗？"

禁止乱扔垃圾通知：垃圾要投放在指定场所，对于乱扔垃圾的行为，按照规定处以罚金。（根据《废弃物管理法》第64条第1款）洪源洞事务所长。

在那个经常有人乱扔垃圾的地方，生活艰难的人比比皆是。胡同狭窄，只能勉强通过一辆车，胡同两侧密密麻麻地排列着陈旧的多户型公寓。这里曾经是整齐的私宅聚集的胡同，然而随着开发热潮的到来，私人住宅渐渐变成三层、四层，房间增多，一户居住的空间住进了四五户人家。住在这里的大多是失去生活希望的人。胡同里的路灯都很昏暗，唯一明亮的是路尽头新开的便利店。偶尔，有人在新开的便利店里品味属于自己的时光，安慰一天的疲惫。坐在这个收拾得干净整洁、无须在意任何人的地方，吃着包装精美的食物，短暂地缓解生活的紧张感。

尹尚美就是这样的人。21岁，早早地放弃了读大学的理想，高中毕业后在洪源洞附近的工坊找了份工作，制作镀银的廉价戒指或项链等小饰物。她性格腼腆，沉默寡言，这种机械简单的动作对她来说还算得心应手。她从初中开始住在洪源洞，但是没有人和她面对面打招呼。以前父亲自己做生意，店铺倒闭之后，他们寻找价位适中、适合全家人一起居住的出租房，最后搬到了洪源洞。她不愿意交新朋友，性格又内向，父母担心她难以适应新环境，就没让她转学。每天都要去原来的学校上学，她也没有什么特别感兴趣的事情，没有特别关注什么，成绩下降了，跟朋友们的关系也渐渐疏远。如果说有什么乐趣，那就是在上学放学的路上听音乐。戴上耳机的瞬间最美好。踏入社会后，她也没有丢掉这个习惯。最近，她经常在上班之前，到便利店坐会儿，边听音乐边吃早餐。

那天也是这样。尹尚美听着音乐吃三角饭团，依然能够感觉到他的视线。便利店打工生总是看她，她早就知道了。高高的个子、白皙的皮肤、修长的手指，尽管尹尚美最不喜欢别人和自己搭讪，不过并不讨厌整洁俊秀的他的视线。有时她甚至会想，或许洪源洞会有一个能让自己敞开心扉的人。

想到他亲切地给自己倒水，提醒自己慢慢吃，她的脸上就情不自禁地露出微微的笑容。那天在下班路上，她又遇到了他，而且是在胡同口撞到了。突如其来的相遇使她心跳加速，打了个招呼就急忙转身离开了。不料，背后传来他的声音：

"可以帮我一个忙吗？"

他说受伤的小狗走丢了，问她可不可以帮忙一起找。尹尚美很开心。他能请求自己帮忙，愿意和自己一起做某件事，这让她感到喜悦。

"什么颜色？伤得重吗？"

"白色的。"

"得赶快去找。"

这时，空地那边传来汪汪的叫声。远远看去，正是一只白色的小狗。

"是不是那只小狗？"

尹尚美觉得必须马上去救小狗，于是急忙跑过去，观察小狗的伤碍不碍事。小狗的叫声令人心疼。一定吓坏了吧，她不停地抚摩着小狗，让它安心，说道：

"怎么受的伤？"

"是我弄的。"

究竟是怎么回事？她一头雾水地想要回头看。正在这时，一个黑色的袋子套住了她的头。嘴巴周围缠上了胶带，手被捆在后面。男人把尹尚美拖到陌生的地方。直到被扔到地上，她才知道那是瓷砖地面。她陷入了极度的恐惧，塑料袋又让她呼吸急促，只好哽咽着喊救命。他说：

"活着是不是很累？"

尹尚美哭了。

"不能发出声音，我来帮你。"

一双冰冷的手绕到哽咽的她的身边，阻断了她的呼吸。

尹尚美被扔在人来人往的大路边，洪源洞商街后面，僻静胡同的垃圾堆里。她被第一次让她感觉到心动的男人杀害，捆在米袋里，像垃圾一样抛弃。那是1997年冬天的事。

1997年冬天的材韩对这件事一无所知。

"洪源洞？洪源洞出事了吗？什么事？"

"我也不清楚，我在网上查了一下，一句报道都没有。学习犯罪心理分析的时候，我调查过很多案子，也没有听说过洪源洞的事。"

信 号［下］

—

"唉，为什么要这样，让人坐立不安的？每次接到警卫发来的通话，我都很害怕。这件事不会也成为悬案了吧？"

"具体情况我不了解，但是当时洪源洞的确出了事，因为你的手册上是这样写的。"

"我的手册？上面怎么写的？"

"您的手册，后面夹着一张字条，上面写的是1989年京畿南部案、1995年大盗案、1997年洪源洞案，还有……1999年仁州女高中生案。"

"是这样写的？你确定吗？"

材韩吃惊地问个不停，但是不知什么时候通话断了。材韩急忙查看夹在自己手册里的字条。看着只写有"1989年京畿南部案"和"1995年大盗案"的字条，材韩感到莫名的不安。洪源洞出事了吗？为什么这么安静？材韩决定先去洪源警察署看一看。

第二天早晨，材韩去了洪源洞警察署。很久以前共事过的郑刑警正在自动咖啡机上买咖啡，半喜半忧地问道：

"又来挖什么东西？"

"我是挖人参的吗？挖什么挖，我就是来看看大哥。"

"哎哟，你以为我会相信？"

材韩喝着纸杯里的咖啡，迅速地观察警察署内部的气氛。

"怎么这么乱，出事了吗？"

"你看看，说是来看我的，怎么样？"

"啊，算了，我不好奇，一点儿也不好奇。可是大哥，是大案吗？"

"一个女人死了，不过有点儿特别。"

"什么特别？让我看看现场照片，嗯？"

材韩不顾郑刑警的劝阻，飞快地夺过他手中的调查资料，仔细看了起来。资料中包括在郊外停车场发现尸体的现场照片。尸体的头部套着黑色的塑料袋，全身裹着草席，绑着绳子。

"狗东西，为什么要往死者头上套袋子？"

郑刑警只好都说出来了。材韩气愤地问道：

"受害者？"

"住在附近的女性，37岁，家庭主妇朱仁姬。"

"有特定嫌疑人吗？"

"还涉及保险问题，正在录家人的口供。"

材韩还想再追问下去，但是最早发现尸体的保洁员来了，郑刑警急忙站了起来。材韩在警察署外面等了很长时间，终于见到了接受调查后出来的保洁员。

"您是怎么发现的？"

材韩故意做出无所谓的样子，不动声色地问道。

"刚开始我以为是谁扔的人体模特呢，谁想到竟然是人。现在想起来，我的心还扑通扑通地跳。"

"除了您，还有别的目击者吗？"

"这我就不知道了。我当时吓得魂都没了。不过这次是模仿上次的事件吧？上次隔壁社区死了一个女人。"

信 号 ［下］

—

"这是什么意思？"

"几个月前，对面社区有个女人头上蒙着塑料袋死了。在那边工作的同事亲眼看见了。"

材韩径直去了恩昌警察署。在那里，他看到了被以相似手法杀害的尸体照片，是尹尚美。朱仁姬是全身用草席包裹，又用绳子捆绑，然而尹尚美却是被装进了米袋子里。材韩觉得这事非同小可，急忙回到刑警机动队，向大家展示他在洪源警察署和恩昌警察署收集到的现场照片，并且向金范周强烈建议道：

"这是几天前发生在洪源署的杀人案。受害者37岁，家庭主妇朱仁姬。这是两个月前发生的杀人案，受害者是附近工坊的员工，21岁的尹尚美。抛弃受害者尸体的方式完全一致，一个浑蛋杀死了两个女人，这是连环杀人案。"

金范周看了照片，也知道事情非同寻常，但是他不愿意惹麻烦，所以没有给材韩机会。

"管辖署没有收到报告。"

"两个区域之间隔着一条路，两个案子分属不同的管辖署。第一次是恩昌署，第二次是洪源署，所以管辖署没能把两名受害者联系起来。"

"有证据吗？这些都只是你在脑子里所做的猜测罢了。"

金范周的反应让材韩感到郁闷，他提高嗓门说道：

"人死了，如果这是真的，以后还会有更多的人死！"

"每年都有几百人死于意外事故，警察也没有能力阻止。"

听到金范周冷冰冰的话，材韩的表情也瞬间变得僵硬。

"如果这些人是韩世奎，你还会这么说吗？如果这些人是国会议员或者财阀的女儿，你早就乖乖站出来了。"

"他们那些人是不会因这类犯罪而丢掉性命的，因为他们生活在不同的世界。"

"什么？"

材韩觉得不可思议，眼皮都在颤抖。

"从队长到厅长，没有一个人希望连环杀人事件发生，以后不要再胡说八道了。"

"我终于明白了，因为你生活在不同的世界。"

"什么？"

"像你说的那样，我和你生活在不同的世界，所以我必须抓住这个王八蛋。一年里有几百人莫名其妙地死去，但是在我眼皮子底下，我绝对不会原谅杀人的人，因为我生活在这个世界。"

"你做什么我不管，但是不要把事情闹大。"

金范周走了，材韩又气又恼，气喘吁吁地站在班长室门前。这时，秀贤从前面走了过来。

"你在这里干什么？"

"我有事情要向班长报告。"

材韩没再说什么，想要从秀贤身边走过，秀贤的声音却使他停下了脚步。

"前辈，真的是连环杀人吗？"

"不要管，跟你没关系。"

材韩再次背对着秀贤离开了。走在过道里，材韩想：在我的世界里，我

信号［下］

一

要遵守我的世界的规则，绝对不放过杀害无辜者的凶手。

"听说东夷山上发现了尸骸？"

听说有尸骸运来，秀贤立刻跑到特殊验尸室。不过，这次又是白跑一趟。尸体是小个子女性。正要失望而归的时候，秀贤看见现场照片，不由得停下了脚步。

"捆得严严实实是吧？用泡菜袋子包裹全身，再用绳子捆绑，所以尸体保存状态完好。死因也很明显，舌骨骨折，颈部受压迫，导致窒息而死。"

秀贤身体一抖，正在看着的照片也掉在了地上。看到她如坐针毡的样子，吴允书问她是不是病了，秀贤连回答的力气都没有。她做了几次深呼吸，强撑着回到办公室。

大盗案解决了，专项组成员们正在讨论下一个悬案。桂哲仍然坚持要开始尚未解决的五大洋案。脸色一直不好的秀贤默默地听了一会儿，最后像下定决心似的，一边向大家展示准备好的照片，一边说道：

"洪源洞怎么样？"

大家都对洪源洞没有了解。

"1997年首尔洪源洞，两个月期间，不到一公里的两个地方，先后有两名女性惨遭杀害，都是颈部受压迫窒息致死。特别之处是尸体的遗弃方式。犯人在受害者头上套了黑色塑料袋，用米袋或草席认真包裹尸体，然后再抛弃。"

"怎么变成悬案的？"

海英问道。秀贤接着说了下去：

"首次调查进行得不好。两个案子分属不同的管辖署，所以无法联合起来进行调查。当时保险金问题比较严重，因此以家属为对象进行调查，结果都证实没有嫌疑。"

听完秀贤的解释，默默查看现场照片的桂哲开口说道：

"如果车刑警说的是事实，那么这恐怕是，连环……"

"连环杀人案的可能性非常充分。"

这回所有人的目光都集中到了海英身上。

"通过受害者被遗弃的方式来看，标志应该是非常明显的。发案时间和场所也有着密切联系。但是现在下结论还是为时过早。根据FBI报告中对连环杀人的定义，至少发现三名受害者，杀人事件中间存在冷却期，受害者在相互分离的状况下被杀害，这种情况下才能称其为连环杀人。"

"如果再有一个人呢？"

所有的人都吃惊地看着秀贤。秀贤说起了在特殊验尸室见到的东夷山发现的尸骸。如果那具尸体也是同一犯人所杀，那么连环杀人的可能性就更大了。第二天，海英决定先去特殊验尸室，确定洪源洞事件和尸体的关联性。等到亲眼所见，再确认尸检结果，在某种程度上就应该有了轮廓。秀贤主动要求一起去。海英想着材韩的字条，秀贤想着时隔20年重新开始的案子，两个人默默地走到了特殊验尸室。

"身份呢？确定了吗？"

"失踪者数据库里有DNA一致的人，受害者姓名徐英珍，2001年失踪，失踪时年龄35岁。"

信 号［下］

—

"失踪时住在什么地方？"

"听说是洪源洞。"

"洪源洞？确定是洪源洞吗？"

海英和秀贤的神情都变得严肃起来。

"车刑警，今天身体还是不好吗？昨天你看起来就不太好，又不是你要找的尸骸，为什么会这样？"

秀贤说没什么，转身走出了特殊验尸室。海英问吴允书什么意思。

"你们一个组的，还不知道吗？车刑警，一直在寻找身高185厘米、肩膀有钢针的尸骸。"

看着迟疑不决的海英，吴允书说尸骸的身份已经确认，现在该去见家属了，说着强行把他推走了。从特殊验尸室出来，海英想起在李材韩刑警失踪事件监察资料中见过的身体特征。身高185厘米，右肩有钢针手术留下的伤疤。海英快跑几步，追上走在前面的秀贤。

"你有喜欢的人吗？"

"不要想象，不是这回事。"

海英见秀贤不再回答，也就放弃了追问。徐英珍的丈夫对秀贤和海英的来访有些不耐烦，说昨天都跟警察说完了。海英还是执着地问道：

"夫人在失踪之前有没有反常的地方，比如被人威胁之类？"

"几乎不出门的，她患有产后抑郁症。"

"产后……抑郁症？"

"起先我们以为她可能是去哪儿自杀了，没想到就在这么近的地方。"

见过家属回来的路上，秀贤对海英说：

"一模一样，作案手法、抛尸方法、受害者的特点，1997年仍然一样。"

因为金范周的反对，材韩只能私下里奔波于洪源洞案。他开始调查尹尚美和朱仁姬身边的人，但是没有什么收获。受害者的同事们异口同声地说她是个猜不透心思的人，从来不表达自己，也不合群，所以对她没有了解。性格忧郁，没有什么趣味，所以别人也不会主动去接近她们。

材韩把两名受害者进行比较。体形、身高、年龄、发型、职业都不一样。虽然都住在邻近地区，却也不是靠步行就能轻松到达的距离。上下班路线不一样，没有重合的部分。唯一的共同点是耳机。两个人平时都经常听忧伤的音乐。

材韩回到办公室整理调查资料，直到凌晨才趴在桌子上睡去。秀贤很心疼他，每到早晨就把散落在材韩旁边的资料整理起来。书桌上的手册里，"耳机""忧郁倾向"等词语用粗笔圈了起来。

秀贤想要帮助艰难地独自查案的材韩，于是决定亲自去一趟洪源洞。她拿起录有忧伤音乐的CD播放器，戴上耳机，用红笔在地图上标好尹尚美的家和工作单位，再用蓝笔标出朱仁姬的家和工作单位。她决定走走这两条路，寻找两名受害者路线中重合的部分。

白天走，黑夜也走，她在受害者经过的路上走了一遍又一遍，然而共同点只有冷清的胡同风景。走了一整天，走累了，秀贤去找地方休息的时候，突然发现了道路尽头的便利店。这时，打工生金振宇正在便利店里工作。

信 号 [下]

一

秀贤拿了一罐热咖啡，买单后坐到便利店靠窗的椅子上。听着悲伤的音乐，低头走在灰色的街头，心情也像被传染了似的变得无比忧郁。她慢慢地打量四周，叹了口气，喝着罐装咖啡。金振宇盯着她看了一会儿。

喝完咖啡，秀贤离开便利店，插上耳机，又走进胡同。希望这次能找到蛛丝马迹，这样想着，她迈开沉重的脚步。这时，有人跟在她的身后，只是她用耳机听音乐，没能察觉。影子继续追随秀贤的脚步，转眼间便紧贴在她身后了。终于，那个影子抓住了秀贤的肩膀。秀贤大吃一惊，回过头去，却发现是材韩。

"你在这里干什么？"

"哦，我……"

"你看过洪源洞案子的资料了？所以就到这里走来走去，了解受害者的动向？别在这儿瞎走了，回去做你自己的工作吧。"

"可是……"

"喂，我让你回去。"

"我觉得，那些死去的受害者，太可怜了。"

材韩不明白她说的是什么意思，呆呆地看着她。

"我沿着受害者们走过的路走，路上滚来滚去的东西除了垃圾，就是按摩房的宣传单，看到的只有冷飕飕的混凝土和钢筋。"

材韩这才向四周看去，黑暗的胡同、破烂的传单、凸出的钢筋、破碎的混凝土，正如秀贤所说，全部都是暗淡的风景。

"路上没有一件活物和漂亮的东西，没人听我说话。活着本来就很辛苦，连每天看到的风景也这么暗淡，这么冷清，换成我也会抑郁的。"

"所以我让你回去，吉祥物就该有个吉祥物的样子。趁着班长还没发现，赶快回去工作，嗯？"

材韩冷冰冰地转过身去，秀贤觉得他不近人情，不由得感到失落。该坐公交车回去了，可是不知为什么，秀贤又往胡同里走去。

海英拿着一沓文件去找安治守。

"这是什么？"

"从1997年到2015年，洪源洞一带的失踪者名单。和以前的受害者一样，又有3名抑郁症倾向的女人失踪了。"

"你说什么？"

"昨天尸骸被发现的徐英珍恐怕不是最后一个。发现尸体的东夷山现场，请允许追加搜查。"

海英急切地恳求默不作声的安治守。

"也许还有其他受害者。"

安治守看着海英，同意了追加搜查的要求。专项组和义警们去了东夷山。

"啊，真搞不懂。安治守系长不是讨厌朴警卫吗？"桂哲说。

献基也是难以理解的语气：

"是啊，我以为系长肯定不会同意呢。"

"是吧？可是朴警卫，这里真的还会有尸体吗？"

桂哲嘀嘀咕咕地问道。海英和秀贤并排站在他身后，注视着搜查现场。海英回答说：

"这里的登山路从去年开始对外开放，监控也是最近安装的，也没有管

信 号 ［下］

—

理员。以前据说没有人来往，而且离这里最近的登山路入口，紧挨着1997年出事的洪源洞北部地区。从移动距离来考虑，这里是最适合抛弃尸体的地方。应该是犯人千挑万选的地方。如果埋尸的话，应该就在这里。车秀贤刑警，您对这个案子还有更多的了解，对吧？"

海英没有错过秀贤闪烁的目光，执着地问道。

"1997年发生的两个案子，把尸体遗弃在人来人往的场所，好像是故意展示什么，但是2001年却选择了埋尸。作案方式发生了变化，原因是什么呢？您肯定知道些什么吧？"

"1997年发生洪源洞案的时候，除了两名受害者之外，还有另外一名受害者。"

"这是什么意思？"

秀贤露出了无可奈何的表情，说起了当时的情况。

秀贤没有听从材韩的指示回警察署，而是再次站在洪源洞胡同前。她想最后一次确认受害者们的路线，于是沿着白天走过的路慢慢地步行。材韩不知道这些，过了很长时间他回到办公室，却发现秀贤的座位是空的。他放心不下，去女值班室看了看，又去了秀贤可能去的其他地方，还是没有。材韩猜她回家了，于是第一次往秀贤家打了电话。

"您好，我是车秀贤巡警的前辈。我有急事要找她……什么？还没回来？"

材韩莫名地产生了不祥的预感，飞快地赶往洪源洞。

这时，秀贤还在路上一遍又一遍地走着，试图寻找能够成为线索的东西。

走着走着，她看了看CD播放器，正要按播放键，突然听到一阵汪汪的狗叫声。顺着声音追过去，一只白色的小狗被绳子拴着，正在呻吟。

"你怎么了？哪儿受伤了吗？"

秀贤走过去，小狗的眼神里充满恐惧，叫得更凶了。秀贤歪着脑袋看小狗的时候，一个黑影朝她扑来。根本来不及反抗，她的头上就被套上了黑色塑料袋，嘴巴也被塞住了。回过神来的时候，秀贤脸上仍然蒙着黑色塑料袋，被扔到了尹尚美被拖往的地方。冰冷的瓷砖地面，滴水的黑暗之地。材韩到达洪源洞，呼唤着秀贤的名字，在胡同里徘徊，但还是晚了一步。

"活着很累吧？"

金振宇向秀贤提出了和尹尚美一模一样的问题。嘴巴被塞住，尽管她想要呼叫，发出的却只有低声的呻吟。

"嘘，不要发出声音，要不然会挨训的。"

秀贤竭尽全力想要叫喊，然而力不从心，呼吸渐渐变得微弱。

"再等一会儿，我会让你舒服的。"

金振宇平静地说完，就离开了。咣当一声，门打开了，一缕风吹进来，沉重的脚步声渐渐远去。又是咣当一声，门关上了。脚步声越来越小，最后没有了声音。秀贤努力让自己保持清醒。她跟跟跄跄地站起来。黑暗之中，她用捆在背后的手摸索墙壁，一步一步往前挪动。风吹进来的地方，应该有门。肯定会有。秀贤在恐惧中哽咽，小心翼翼地前行。她找到了不同质感的墙壁。经过光滑的瓷砖，她摸到了冰冷的铁块。门，是门，在风中摇动发出轻微声音的门。秀贤终于找到了出口，便用捆绑着的双手使劲推门，然而身体却被弹了回来。绝对不能就这么结束在黑暗中。秀贤对死亡的恐惧达到了极限，使出全身的力气朝门的方向突进。咣，门终于开了，秀贤滚倒在胡同里。夹着冷风的空气传遍全身。酸溜溜的臭水沟气味扑鼻而来。秀贤在湿气满满的塑料袋里喘着粗气，摇摇晃晃地站起身来，不顾一切地奔跑。一边气喘吁吁地跑，一边想，如果被犯人抓到，就要回到死亡的空间里。恐惧的尽头。她分辨不出方向，只是追随着黑色塑料袋透进来的微弱灯光，用力奔跑。胳膊捆在后面，眼睛看不见，再加上心急，她一次次地摔倒，爬起来。呼吸急促，快要停下来了。

材韩已经在胡同里跑了几个小时，不停地呼唤秀贤的名字。他感觉到胡同里有动静，连忙跑了过去。好像看到了人的脚。急匆匆地跑到跟前，一个人手腕被捆绑，倒在地上。材韩大吃一惊，双手颤抖着摘掉黑色塑料袋。

"车秀贤！喂，小家伙，零点五！"

材韩抱住秀贤，帮她解开被绑的胳膊，声音颤抖。

"醒醒，车秀贤！你看着我，嗯？"

材韩摇晃着秀贤，一动不动的秀贤突然睁开眼睛。过度惊吓使她神情恍惚，没能认出材韩，一边大喊大叫，一边挣扎着试图逃跑。

"啊啊啊啊啊啊！啊！呃呃……啊啊啊！"

材韩忍住泪水，红着眼睛，紧紧地抱住秀贤。他把拼命挣扎的秀贤抱在怀里，安慰她，让她平静下来。

"好了，现在没事了，冷静，冷静，车秀贤。"

惊吓还没有消退，不过秀贤终于还是认出了材韩，停止了挣扎。她哭了，像个孩子似的放声大哭。材韩紧紧地抱着她。

"没事了，都过去了。"

"我真的以为，那就是最后一次了，因为从那之后再没有出现受害者。"

海英静静地注视着秀贤，还想再问什么。正在这时，一名义警在远处喊道：

"找到了！"

海英惊讶地跑过去。另一边又有人喊道：

"这里也有异常！"

到处都有尸体被发现！义警和专项组成员把尸骸并排放在现场。帐篷、草席、箱子、汽车盖子、米袋子、真空包装袋，每具尸骸都用不同的材料包裹，但是手都被捆绑，头上也都套着黑色的塑料袋。秀贤向随后赶到现场的安治守汇报。

"算上昨天发现的尸骸，共计9具。"

"很可能是同一犯人掩埋的尸体，最大的嫌疑人是1997年洪源洞案的犯人，犯人并没有停止作案。"

专项组和义警们总共在东夷山西南方向发现了9具尸体，全部为女性。献基迅速确认身份，发现9名受害者都是有人报案的失踪者。

李慧英，2000年9月失踪，当时年龄27岁。

徐英珍，2001年5月失踪，当时年龄35岁。

信 号［下］

—

朴雅莹，2004年3月失踪，当时年龄25岁。

卢贤美，2005年10月失踪，当时年龄43岁。

朴世贞，2006年4月失踪，当时年龄28岁。

金允敏，2008年1月失踪，当时年龄39岁。

南宫善，2010年4月失踪，当时年龄31岁。

李美贞，2011年6月失踪，当时年龄23岁。

"算上还没有确定身份的最后一名受害者，在东夷山西南共计发现白骨尸体9具。分别用草席、纸箱、塑料等包裹全身，被埋葬时头套黑色塑料袋，但这些并不是全部。您看到的照片是1997年洪源洞附近发生的悬案的受害者和案发现场照片，尸体遗弃方式、作案手法都和这次的发现几乎完全一致。"

听完秀贤的报告，警察厅长大发雷霆：

"这是什么意思，你是说当时警察没能抓到犯人，所以又多了9名受害者吗？究竟都在做什么！如果这个事实公开出去，媒体和大众舆论都会炸锅。无论如何要阻止这件事情传播出去！"

这时，沉默的侦查局长金范周站了出来。

"阻止不了，不能阻止。"

警察厅长露出难以置信的表情。

"什么？"

"已经有9人遇害的连环杀人案，我们无法控制媒体。"

"你这是在主动招认警察的无能吗？"

"这件事就交给专项组吧。"

金范周望着秀贤，继续说道：

"从京畿南部案开始，你们专项组解决了很多重大悬案，已经赢得了国民的信任。过去警察因为失误而留下的悬案，现在的专项组站出来解决了。这样的能力足以平息舆论风波。"

警察厅长这才平静下来，询问其他重要人物的意见。所有人都同意，认为金范周的提议是最佳方案。警察厅长点了点头，嘱咐安治守派出广域侦查队，全力以赴支持长期未破案专项组的调查。

"案件调查进度，通过搜查局长直接向我报告。"

"是。"

会议结束，回来的路上，安治守问金范周：

"你是故意的吧？心里盼着专项组失败？那么所有的责任都将归咎于专项组，然后将其解散？"

"怎么了，因为是自己属下，所以担心了？所以连朴海英调查金成范的事情，你也不向我报告？这次的案子，如果失败了，受损的不只是专项组。"

金范周恶狠狠地瞪了安治守一眼，转身走了。

"说说吧，您被劫持的时候发生了什么事情？为什么没能抓到犯人？"

专项组接到了正式开始调查的命令，连忙开会讨论调查方向。海英请求当时的受害者秀贤将过程讲述得更加具体。

信 号〔下〕

一

"那时幸好李材韩前辈找到我,我被救出以后,接受了应急治疗。跑的时候撞到了路灯,嘴上有擦破伤,还有手腕被绑留下的伤痕,他都帮我处理了。然后我们回到刑警机动队办公室。前辈们围着我,询问我现场的情况。"

秀贤详细地回忆起1997年办公室里的情景。

"车秀贤,你不是普通的受害者,你是警察。"

材韩追问遭到劫持又被解救出来的秀贤。秀贤的眼神依然瑟瑟发抖。

"劫持你的坏蛋已经杀死了两个人。要想抓住这个混账,需要你的记忆。"

正济让材韩不要在没有证据的情况下对案子下定义,金范周命令他们把这个案子当成单纯的绑架案进行调查。但是,材韩对正济的话置若罔闻,又去问秀贤:

"你说说看,如果没有看到什么,那总会听到些什么吧?"

"声音……水,水滴落的声音。"

滴落到瓷砖地面的水声,还有犯人的脚步声……活着很累吧?……不要发出声音,要不然会挨训的……

"声音像是年轻的男人,他的手很细,很凉。"

秀贤停顿片刻。回忆当时的状况确实很痛苦,但她还是鼓起勇气,接着说了下去:

"然后他让我等一会儿,就出去了。门开了,风吹进来,我觉得这会儿要是不出去,就必死无疑了,于是我站起来找门,可是……"

汹涌而来的恐惧感让她紧闭双眼。她连连摇头,说不能继续回忆了。

"继续。"

材韩没有轻易放过她。他抓着秀贤的肩膀，注视着她的眼睛，说道：

"车秀贤，你看着我，现在没事了，继续说下去吧。"

"我找门……找到了门，我摸着墙，朝着玻璃门发出声音的地方走去。好像有一个柜子，我的手碰到了敞开的门，摸到一样东西……手，是手，冰冷的手，像尸体一样。我太害怕了，吓得……"

秀贤瑟瑟发抖，正济问是不是真的尸体。

"不知道，不过那只手，太凉了。"

"那你是怎么出来的？"

"就这样摸索着，感觉到有冷风从缝隙吹进来，我觉得是门，就走过去找，有门把手。我想开门，可是外面好像上了锁，打不开。我当时想着如果出不去就会死，于是用尽全身的力气使劲撞门，试了好几次，咣的一声，门突然开了。"

"然后呢？"

"我一直跑，跑着跑着重重地撞到了什么东西，然后我就失去了意识。睁开眼睛的时候，前辈在我身边。"

"你往哪里跑了？"

"就是往前跑，只顾往前跑，不过我什么都看不到，所以……"

"跑了多远？我是说，跑了大约几分钟？"

"不知道。"

"想一想。"

信 号 [下]

—

"10分，15分钟左右。"

"其他的呢？"

"气味，从那个房子里出来的时候，我闻到了臭水沟的气味。"

"还有呢，还有什么？想一想。"

同事们阻止材韩继续逼问秀贤。洪源洞河沟附近，有卫生间的一层房子，没有家人、独自居住的男人，他们安慰秀贤说这些线索已经足够，就让她回家了。那天秀贤回家后，材韩去了武器库，他说一定要杀死这个犯人。

第二天，刑警机动队办公室里贴上了洪源洞附近的大地图。地图上，按照前一天夜里秀贤的陈述，标上了可能用作监禁场所的区域。警察们分散到洪源洞，寻找有20岁出头的男人居住、带卫生间或洗手池的一层房子。他们向周边居民打听，也去洞事务所调查情况，拿到了独居户的地址，逐一上门询问。遗憾的是，符合条件的人物和场所始终没有出现。

"感觉马上就能找到了，最终还是什么也没找到。时间一天天过去，当时担任组长的金范周局长下令结案。"

秀贤对过往的回忆做了总结。

"结案？两个人死了，警察都差点儿成为受害者，就这样结案？如果当时抓到犯人，其他9个人就能活下来了。"

海英情绪有些激动。桂哲叹息着说道：

"以前是这样，现在也是这样，没有哪位领导喜欢连环杀人案。"

"没有动机呀，只是因为想杀人，然后就杀死了那么多不特定的人，所以线索明显不足。截至目前，抓到的连环杀人犯也都是因为市民提供信息，或者偶然得到了线索。"

桂哲点头。

"郑献基说得对，跑断了腿也找不到线索，还被人指指点点地说无能。这种时候总会有人倒霉，被迫担责，脱掉警服。这次也是一样。如果抓不到，我们可能会被泼脏水。总而言之，我们算是踩到狗屎了。"

警察们全部聚集在广域侦查队的大会议室里。大家连手册都没带，只是抱着随便过来坐会儿的心态，可以看出谁都不愿意接手这个案子。长期未破案专项组对提供支援的广域侦查队警察们进行洪源洞案件的情况报告。从2000年失踪的李慧英到2011年最后一具身份不详的尸体都出现在画面上，秀贤背对画面做说明。

"除最后一具之外，其他尸体的身份已经确认。通过对这8名受害者家属的调查，我们发现了一个值得注意的事实。遇害的8名女性中间有3人居住在洪源洞，另外5人失踪当时由于工作、搬家、结婚等原因经常到洪源洞附近来。包括1997年的两名受害者在内，所有的受害者都和洪源洞有渊源，发现尸体的东夷山西南方向也与洪源洞北部地区相邻，因此可以推测，犯人从1997年到现在，很可能在洪源洞居住或工作。"

"其他线索呢？"

安治守抛出了疑问。

"连环杀人，尤其像这种发生在过去的连环杀人案，犯罪心理分析非常

信 号 〔下〕

—

重要。下面我们汇报一下对犯人的心理分析结果。"

秀贤叫来了海英。他本来和组员们一起坐在讲台后面，这时走到前面准备发言。警察们纷纷皱起眉头。"他懂什么？""看他那副德行！"不以为然的吐槽声纷纷传来。甚至有的警察直接站起来，准备离开。海英平静而有力地说道：

"我只知道理论，在调查方面是门外汉。"

会议室里议论纷纷。重新坐回座位的警察们坐得歪歪扭扭，皱着眉头，好像在说："所以呢，你想怎么样？"

"所以，我下面要说的只是理论方面的内容。抓到犯人之后也许会发现，所有这些都是胡说八道或荒唐的猜测。只希望各位在调查时作为参考。"

直到这时，警察们才开始专心听海英说话。

"从东夷山现场发现的骸骨的包装状态和埋葬深度来看，犯人是非常谨慎而细致的性格，穿着和发型很可能是干净到近乎强迫症的程度。不论居住地还是工作地，周围都会打理得干净整洁。包装尸体恐怕会消耗很长的时间。他会有一个不受任何人妨碍的属于自己的工作场所，很可能居住在没有庭院的独栋房子里。如果有自己的院子，就直接埋在院子里了，不会费力地把尸体转移到东夷山。受害者有个值得注意的共同特点。她们的年龄、外貌、身高都不同，唯一的共同点就是患有抑郁症，或者表现出抑郁症的倾向。"

不知不觉，会议室里所有的人都在认真听海英讲话。

"这种情况下，犯人极有可能也患有相同的病症，或者表现出相似的倾向，很可能犯人也是个抑郁症患者。观察受害者的这种倾向需要很长时间，所以犯人应该处于能够观察到受害者的位置。比如，受害者常去的心理咨询室或者经常光顾的饭店等等，当务之急是找出受害者们共同去过的地方。受害者在家和职场之间走过的路线和常去的地方、共同认识的朋友，可以从这些方面集中进行调查。"

海英话音一落，安治守问秀贤：

"车秀贤，你的想法呢？"

"我也同意。"

"好，那么重案一组制作出受害者工作单位的同事等经常见面的朋友名单，重案二组查清受害者的移动路线，专项组重点确认最后一名受害者的身份。完毕。"

"还有一点，有一个当时唯一和犯人见过面的证人。"

"谁？"

"我。"

所有的人都很吃惊。秀贤说她愿意接受催眠术，如实向警察们汇报自己经历的事情。

"能有效果吗？"

看到作案现场的人，如果不能清楚地记起当时的状况，可以通过催眠唤醒潜意识下的记忆，进而寻找到线索。这种方法对秀贤也会有用吗？毕竟已经过去20多年了。

会议结束后，警察们四散开去。他们的表情和进来时截然不同。海英叫住了走在前面的秀贤。

信 号 [下]

—

"真的要用催眠术吗？"

"你喜欢同一句话听两遍吗？"

"虽然你是警察，但是遭遇这种事，肯定也会留下精神创伤。没事吗？"

"其实早就应该使用催眠术了，都是因为我。因为我没有抓到犯人，那些受害者才会死。"

"你连犯人长什么样都没见到。"

"虽然不知道长什么样，但是说不定可以找出他家的位置。线索分明就在我记忆中的某个地方。"

灯光昏暗的房间，摆放着一张可以轻松躺下的转角沙发。紧张的秀贤进入催眠室，按照等在那里的催眠师的指示，静静地靠在沙发上。催眠室的玻璃窗外面，长期未破案专项组组员和安治守在注视着秀贤。

"闭上眼睛，深呼吸。"

秀贤轻轻闭上眼睛，深呼吸。

"呼吸会让你全身的每个角落都变得松弛，把注意力集中到呼吸上。现在是1997年12月29日夜晚，有人劫持了你。"

陷入催眠状态的秀贤仿佛回到了从前，神色因为恐惧而变得扭曲。催眠师开始慢慢唤起她的记忆。

"其他的想不起来也没关系。我们先回到从那个房子里出来的场景。感觉到凉风了吗？"

秀贤闭着眼睛，嘟哝着说：

"是的，找到门了。"

"然后怎么样了？"

"我摔倒了，气味……"

"什么气味？"

"腐烂的气味，臭水沟的味儿。"

"然后怎样？"

催眠状态下的秀贤正在全力奔跑。隐隐约约的路灯光从套在头上的塑料袋缝隙里照进来。

"我在跑，可是看不到，看不到前面。"

即便这样，秀贤还是不停地奔跑。撞到墙上摔倒了，她想站起来，却又撞到了圆形的门把手。好不容易重新站起来，又重重地撞上了什么东西。

"一直在跑吗？"

"是的，一直……一直朝前跑。可是，我撞到了什么东西。"

"看看撞到了什么。"

秀贤的呼吸变得急促，头朝后仰去。

"好闷。"

"没关系，你很舒服，也很安全，慢慢呼吸。"

催眠师反复提醒秀贤慢慢呼吸，让她保持平静，但是秀贤的状态越来越糟糕。看到秀贤的反应如此强烈，催眠师很担心，于是终止了催眠。不一会儿，秀贤醒了过来，显得疲惫不堪。这样下去毫无进展，秀贤感到遗憾和愧疚，忍不住叹了口气。催眠室的门开了，献基、桂哲、海英和安治守走了进来。秀贤觉得没脸面对他们，低下头去。

"没事吧？"

信　号 ［下］

—

海英很担心秀贤。

"虽然进行了催眠，结果还是没找到任何有关犯人住址的线索，和以前一样。"

献基打了一下不分场合乱说话的桂哲，用口型示意他不要说话。

秀贤抬起头，恳求安治守：

"再让我试一次吧，可能错过了什么东西。"

秀贤抱着死马当活马医的心理，寄希望于催眠，想要再得到一次机会。同事们都目睹了催眠场面，谁都不肯回答。秀贤恳切的目光变成确信，再次说道：

"不，我好像漏掉了什么。"

这时，海英说道：

"车刑警以记忆为基础寻找犯人的家，这是过去用过的失败的调查方法。后来又出现了9名受害者，现在我们应该把调查重点集中到那些受害者身上。"

望着她轻轻颤抖的手，海英劝说秀贤。虽然她没有说，却还是没有摆脱恐惧，仍然在轻轻颤抖。对于秀贤来说，回忆那次事件就是巨大的痛苦。

"朴海英说得对，失败的调查方法没有必要重新使用。"

安治守让大家把主要精力放在确认最后一名受害者的身份上，然后就离开了催眠室。

1997年的材韩听了秀贤的陈述，和刑警机动队的警察们一起在洪源洞河沟附近巡查。调查进行到深夜。突然，嘀嘀，对讲机响了。材韩知道是海英的呼叫，急忙走进了胡同。

"朴海英警卫？是我。"

"是的，我在听。"

"1997年洪源洞案，是黑色塑料袋吧？"

"是的，对，是那个案子。"

"这个疯子不会也没抓到吧？"

"是的，犯人到现在仍然没有抓到。我们也在调查。受害者都与洪源洞
有关联，而且都有抑郁倾向。除此之外，没有发现其他决定性的线索。当时
有没有发现受害者的其他共同点？"

"受害者全部都是很腼腆的性格，甚至连家门前的超市都不去，主要的
行走路线也截然不同。杀死两个人，我们刑警机动队的老么差点儿也死在他
手里。这个王八蛋，我一定要抓到他。"

本来静静描述受害者特征的材韩，语气变得激昂起来。海英想起刚才催
眠室里的秀贤，神色也变得黯淡下来。

"刑警机动队老么……是车秀贤刑警吧？"

"你认识车秀贤吗？你怎么认识她的？"

"车秀贤刑警是我们的组长，首尔厅长期未破案专项组组长。"

不同于语气平静的海英，材韩听到关于秀贤的消息有点儿激动。

"组长？她是组长？零点五？哇，这是我今年听到的最震惊的消息。"

嘴上这么说，材韩的脸上却绽开了笑容。车秀贤当上组长了，在女值班
室里铺粉红色被子的车秀贤已经成为像模像样的警察。材韩感觉新鲜又好奇，

同时也觉得秀贤很了不起。他再三确认：

"那个组运转得好吗？"

海英觉得材韩的反应很有趣，笑着反问道：

"为什么？车刑警就那么糟糕吗？"

"岂止是糟糕？她连汽车都不会开。车秀贤当组长？天哪。"

"不过，车刑警当时好像很痛苦，她没事吗？虽然是警察，毕竟也是被犯人劫持，受的刺激应该很严重。"

海英的表情又黯淡下来。材韩不同于海英，他相信秀贤。

"她会克服的，虽然驾驶技术不行，性格还是很坚强的。"

"您可以亲口告诉她。"

"什么？这是什么意思？"

"您自己在心里这么想，对方不可能知道，亲口告诉她，她会更有力量。尤其是您这样对她说的话，她会更受鼓舞的。"

"我？为什么？"

"没什么，我这样觉得。不过您一点儿也不好奇吗？现在是2015年，警察们都怎么样了。"

材韩静静地看着对讲机。20年后的自己会怎么样呢？零点五成为组长的未来，他会是什么样子？他有点儿好奇，最后却又改变了想法。

"我这个人，连父亲去占卜店算命都讨厌。以后过得是好是坏，知道了又有什么用？反正我的人生要我自己去过。等你遇到我的时候，如果我做糊涂事，一定要给我一拳，让我清醒。"

在对讲机里听材韩说起自己的事情，海英对他的未来很是担忧。

"李刑警，其实您……"

没等海英说起材韩的未来，对讲机就关了。仿佛这是任何人都不能知道
的秘密。

结束和海英的通话，材韩想起昨天夜里的情景，想起头上套着塑料袋，
手被捆得紧紧的倒在地上挣扎的秀贤。他不停地追问伤痕累累的秀贤，就因
为她是警察。可是他没有想到，她不仅是警察，还是一个遭遇重大事故的人。
听了海英的话，材韩后悔自己没有拍拍她的肩膀。

洪源洞连环杀人案让广域侦查队办公室忙乱不堪。所有人都在自己的岗
位上收集资料，整理、交换情报，不分昼夜地奔走。安治守叫来桂哲和广域
侦查队的警察们开会。

"我们调查了身份能确认的受害者的周边，她们的人际交往范围非常小。
除了家人几乎没有朋友，和同事也只是打招呼，没有能够观察到所有受害者
的共同朋友。"

"受害者经常走的上下班路线和常去的地方也是一样，除了家几乎哪儿
也不去。虽然都住在洪源洞附近，但是她们共同使用的工具只有地铁和公交
车等大众交通，乘坐时间和路线也都不同。"

"简而言之，就是还没有线索？还没确认身份的最后一名受害者呢？"

安治守郁闷地问道。旁边的桂哲递过来受害者被发现时穿的衣服的照片。

"这是被发现时受害者穿的衣服。从冬季外套来看，失踪应该发生在冬

天，通过衣服生产厂家确认，这是 2014 年首批生产的服装。受害者于 2014 年
之后失踪的可能性较大。"

　　为了调查身份不详的受害者，海英也跟秀贤去了国家科学研究所特殊验
尸室。他们看着放在验尸台上的尸骸，听着吴允书的意见：

　　"和全国失踪者数据库的 DNA 又对照了一遍，没有一致的人。没有补牙
的痕迹，也没有做过手术。我对尸骸做了检测，骨头里验出大量水银，虽然
没有达到致死量，但应该是长期暴露在水银环境中造成的。"

　　"就这些吗？"

　　"有一点可疑，其他尸体都是在脖子前面打结，捆住塑料袋。也就是说，
犯人正对着受害者的脸蒙上塑料袋。只有这具尸体不同，塑料袋的结在脖子
后面，是从后面蒙上的塑料袋。舌骨的骨折形状也有所不同。"

　　"这是什么意思？"

　　"其他受害者都是被犯人在前面用双手勒住脖子杀害的，而从这名受害
者的骨折形状来看，犯人是从后面勒住脖子的。"

　　"也就是说，犯人在面对受害者的时候，常常都是在前面行动。"

　　"对。"

　　"这具尸体是用毯子包裹的。毯子是柔软而温暖的材质，再加上犯人没
有面对受害者的脸，尸体处理方式也发生了变化。这说明犯人的心理发生了
变化。"

　　海英说完，秀贤尖锐地问道：

　　"这又是什么意思？"

"形态不同肯定是有原因的。这名受害者触动了犯人的情绪。如果能弄清楚受害者的身份，可能会得到有关犯人的线索。"

身份没有确认的最后一名受害者名叫柳承妍，27岁了还是单身。她从小文静而胆小，朋友们常常忽视她的存在。外貌娇小而可爱，却没有尝试过恋爱。除非有人主动靠近，她不会主动和别人交朋友，所以总是很孤独。父母早早去世，她独自生活，孤独感更加强烈。她不喜欢和别人说话，而是每天写日记，好像是为了证明自己还活着。她记下了没有人关注的自己的日常生活。

便利店是适合写日记的好地方，不像公司里那样有人多管闲事，也不像一个人独处时那样冷清。那里总是干干净净，最重要的是有他。

这是第一次，有人注视自己。她坐在那里吃完泡面，喝着罐装咖啡写日记。静静地总结一天的生活，心跳却莫名地加速。原来被人关注是这样的感觉，她终于知道了。在公司工作的时候，聚餐的时候，没有人和自己说话也没有关系，因为有人关注自己。

有一天，聚餐结束回家的路上，她买了一袋橘子。夹在情侣们中间，她也不想直接回家，而是想做点儿什么。短暂，非常短暂地想象和他并肩走在街头的情景。心情顿时愉快了。明天要去便利店吃早餐。这样想着，她低头走路，却不小心撞上了一对情侣，橘子掉落在地。她把掉在地上的橘子一个个捡起来，装回袋子。最后一个橘子滚到了胡同拐角。她跟着橘子走了过去，看见了他，不由得大吃一惊。想到他会不会是在跟踪自己，她就羞涩起来。面对意外状况，他不知道如何是好，只是四下里张望。柳承妍笑了笑，没有

信 号［下］

—

说话，小心翼翼地把最后一个橘子放到他手里。为了掩饰自己涨红的脸，她转身跑开了。

第二天上下班的路上，她都为了见他而去便利店，但是她很难过。他没有再看她。有时她怎么等他也不来，有时在下班路上隔着窗户和他目光相对，他立刻避开了。去便利店吃午饭的时候，他转过头假装没看到她。看到他这样对自己，柳承妍无力地走出去，滑倒在冰面上，包里的东西都掉出来了。没有人帮她，她只能自己捡起东西装进包里，这时，有人捡起日记本递给了她。是他。他又帮自己了。柳承妍心花怒放。那天晚上，她在便利店门口等待他下班。下雨了。他结束一天的工作，戴着T恤上面的帽子走出来。她在后面帮他撑伞。他吃惊地回头看她。她鼓起勇气说：

"把伞带上吧，我还有一把。"

他没有说话，转身快步走了。

"我家在这边。天冷，淋雨会感冒的，这把伞你用吧。"

他逃也似的走着，她跟在身后撑伞，一直到他家门前。

"你住在这里吗？"

他没有说话。她有些尴尬，说了声"再见"就转身走了。

"柳承妍小姐。"

"你怎么知道我的名字？"

她惊讶地回过头去，他神情微妙地看着她。

洪源洞繁华商街，到处都响着圣诞歌的旋律。金振宇看见柳承妍在一家烤肉店和公司同事们聚餐。愉快的聚餐时间，每个人都说说笑笑，好不热闹。酒杯在烤盘上方交错，中间有她的酒杯，但是没有人在意她。仿佛所有的人都看不见她。然而她并不介意，只是慢慢地吃着食物。聚餐结束后，他跟随在她身后。

寂寞的柳承妍去水果店买了一袋橘子。她脚步沉重，有气无力地走着，撞上了一对爽朗笑着的情侣，袋子掉落在地。金振宇稀里糊涂地弯下身体。他并不是想帮忙，只是本能地去捡滚落的橘子。直到和慌慌张张捡橘子的柳承妍目光相遇，金振宇才恍然大悟，急忙挺起腰，假装什么都不知道，转过身去。这时，突然有人抓住了自己，是柳承妍。她用清澈的眼睛望着他，还把橘子放在他手中。好久没有感受到这样的温暖了。她走了。望着自己手里的橘子，金振宇尖叫起来。他想起了妈妈。

妈妈总是很忧郁，从来没见她笑过。爸爸离开，金振宇和妈妈来到洪源洞的时候，只有7岁。或许是因为爸爸离开带来的冲击，妈妈连续几天不吃饭，也不洗漱。年幼的金振宇也跟着不能吃饭，不能洗漱。有一天，妈妈突然买来很多面包，强迫他吃。他摇头说不想吃也无济于事。偶尔，妈妈会强迫他吃些奇怪的药，或者把不能吃的东西塞入他口中。饿上几天，突然又暴饮暴食，这样反复下来，他常常背着妈妈偷偷呕吐。到了冬天，妈妈也不给他买新衣服。妈妈好像感觉不到冷。家里地板冰凉，可是妈妈只盖单层被，穿T恤。金振宇总是瑟瑟发抖。有一天，妈妈拿来一个大大的箱子。

"儿子你冷吧？妈妈让你暖和暖和。"

妈妈把小小的他塞进旅行箱，拉上了拉链。在黑暗的箱子里，孩子跟妈

信 号 ［下］

—

妈说害怕，求妈妈把自己放出来。妈妈好像没听见孩子的话，自言自语：

"我会让你舒服的，我们一起去好地方。"

整个童年时代，金振宇经常受到精神失常的妈妈的虐待。他清楚地记得那一天。他带回一只白色的小狗。路上看到小狗在摇尾巴，他就把小狗抱回家来。如果能和这么漂亮可爱的小狗在一起，他觉得自己以后就不会害怕了。妈妈怔怔地看着他和小狗玩耍，说她要让小狗也舒服。金振宇不知道妈妈是什么意思，但是害怕妈妈会教训小狗，又把小狗放回了胡同。过了几个小时，他去胡同看小狗的时候，猛地停下了脚步。在家门口扔垃圾的地方，他看到了小狗蒙着黑色的塑料袋，只露出白色的腿。妈妈经常说：

"活着累吧？我来帮你。"

这是第一次有人给他温暖。妈妈从来没有这么温柔地对他。跟随在她身后，从她手中接过橘子那天，他被突如其来的状况惊呆了，不知所措。第二天她去便利店的时候，金振宇不敢再正视她的眼睛。

聚集在洪源洞的长期未破案专项组组员们听着海英的解释。

"年龄20多岁，最多30来岁，身高162厘米左右，失踪时间为2014年之后，明显与洪源洞有渊源。没有人对她的失踪情况报警，说明她没有家人。如果以附近的房产中介为中心，调查有没有租房的女人突然消失，应该会有结果。"

"洪源洞有几百家房产中介呢。"

桂哲发起了牢骚。

"那也要去找。找到这个女人，就能得到犯人的线索。如果犯人还活着，可能还会杀其他女人。在此之前，我们必须把犯人找到。"

海英斩钉截铁地说道。桂哲和献基无奈地散去。两人一组，分头去房产中介调查。到处打听询问，还是没有结果。秀贤对海英提议，分头去找。

"洪源1洞我负责，你负责3洞那边。"

"一起吧。"

"你把我当小孩子吗？我真的可以，咱们分头去找吧。"

"刚才我都看到了，在验尸室里听到滴水声你都害怕，看到现场照片中的袋子你都会发抖。经过催眠之后，从前的记忆会变得更清晰，而且附近的街道和你当初被劫持时的场所相邻，还是一起比较好。"

"我说过了，我们必须快点儿找到。分头去找，一旦有消息，就立刻联络。"

秀贤不给海英劝阻的机会，转身就跑了出去。那天在胡同里奔跑的情景总是清晰地浮现在脑海里，但她努力保持冷静。

"总要有人抓犯人才行，必须抓到。"

秀贤调整心态，加快脚步继续寻找受害者。走在胡同里，她想起了材韩。这件事发生后，她曾经想过放弃当警察，无端缺勤了3天。这时材韩来了她家。材韩让她出来，只要一会儿就好。她表现得很不情愿，却又无可奈何，在家门口和材韩见面。

"……还好吗？不好吧？"

秀贤没有说话，只是低头看着地面。

信 号［下］

—

"班长那里我替你解释了，说你身体不舒服，所以不用担心。"

"您不用这样的。"

"什么？"

"前辈说得对，我不适合当警察。"

"喂，臭丫头，说这个做什么。"

"我当不了了。"

秀贤的眼泪夺眶而出。

"现在听到塑料袋哗啦哗啦的响声，我就吓得心跳都要停止了。总是想起那天的事情。"

材韩默默地望着流泪的秀贤，听她倾诉。

"我害怕胡同，害怕尸体，犯人太可怕了。这样是没有资格当警察的，我觉得我无法继续当警察了。"

秀贤低声啜泣。材韩不知该如何是好，静静地看着她。突然，材韩回到车上，拿出一个写有"尚州一等柿饼"的小箱子。

"这是给你的礼物，你抓到了摩托车盗贼，这是那个案子的受害者送给你的，表示谢意。"

果然，箱子上用黑笔清清楚楚地写着"感谢车秀贤刑警"。材韩把箱子递给秀贤，说道：

"我也害怕犯人，哪有不怕的人啊。调查过程中，我也见过形形色色的家伙。有的拿着刀直扑过来，也有流氓拿着工具猛冲，还有拿斧头的家伙，就因为他，我的肩膀插了钢针。"

"因为和拿斧头的家伙搏斗吗？"

"不，我因为害怕逃跑，撞上了摩托车……很疼，非常疼，可是怎么办呢，总要有人抓犯人才行，总要有人做的。你可以放弃，谁都不会骂你。好好考虑，好好选择。不过你是适合当警察的，谁知道呢，说不定以后你会成为像模像样的组长呢？"

正像前辈当时说的那样，现在她已经当上了组长。至于是不是像模像样，那就不得而知了。不过从那之后，她一直走在警察的路上。那天的柿饼箱子里只有一块柿饼，那是李材韩前辈在刑警机动队鲁莽的警察中间坚持为自己留下的一份，她想起了那块柿饼。直接晒干的柿饼超甜。秀贤吃着甜蜜的柿饼，好像根本就没哭过。材韩露出灿烂的笑容，说柿饼的味道就是警察破案的味道。过程固然苦涩，不过，因为有了抓犯人的人，很多人的甜蜜人生才不会被摧毁。

告别海英后，秀贤独自走在洪源洞的胡同里。她下定决心，说道：

"总要有人抓犯人的。"

离开秀贤，海英辗转于各家房产中介公司。他在地图上发现了工厂区域。

"那里没有人家，都是工厂。"

他想起吴允书曾经说过，受害者的骨头里检测出大量水银。着手调查之后，他发现洪源洞附近与水银相关的工厂只有一家，那就是世康灯泡厂，去年因为非法填埋水银废弃物而被媒体曝光。于是，海英去了世康灯泡厂。

"去年有没有失踪的女员工？"

信号［下］

—

"大概冬天的时候。"

"不太清楚，一声不吭直接辞职的员工有很多。"

"回答我的问题对公司没有什么伤害，而且这件事很重要。或者您让我见一见公司的女员工吧，我直接问她们。"

也许是非法填埋带来的影响，职员们对海英有所抵触。幸好有位女员工说，去年冬天有一名员工没说什么就消失了。她说那名职员有东西留在仓库里，并且带海英去看。

"平时她不怎么说话，也没有相处得好的同事。她平时住宿舍，去年公司被起诉的时候，也就是冬天，她连声招呼都没打，突然就不来了。公司方面焦头烂额的，也没有人注意到她。我替她把东西收起来了。"

女职员从仓库里拿出一个小纸箱，里面装着书写工具、小镜子、手帕、护手霜，还有日记本。海英接过箱子，道谢之后就离开了世康灯泡厂。他调查了失踪女职员柳承妍的家庭关系，发现柳承妍没有兄弟姐妹，也没有父母。外祖母还在人世，只是早就断了联系。海英请献基把柳承妍的DNA和尸骸的DNA做对比检测。挂断电话，海英看了看放在副驾驶上的箱子。她会是个什么样的人呢？海英拿出日记本，读了起来。

也不知道为什么，今天总是想流泪。天很蓝，天气晴朗。休息日，宿舍里没有人。我去公园吹吹风，可是每个人都有同伴。希望明年的生日不要一个人过，承妍，生日快乐。

　　每次去都会心跳加速，所以我总是去那里。这就是幸福的感觉吗？盼着明天快点儿到来，再在那里见面。

　　他跟在我后面，他看着我。起初我以为是偶然……难道他真的喜欢我吗？他总是在我背后。要是跟我说话该多好。

　　日记本上坦率地记录着忧郁孤独的女人刚刚步入爱河的内容。海英一页一页地翻看，试图寻找线索，突然发现了记录账单的页面。

　　洗发水 7000 元。

　　袜子 3000 元。

　　三角饭团 700 元。

　　泡面 800 元。

　　纯净水 700 元。

　　盒饭 2500 元。

　　读完账单，海英立刻给秀贤打电话。

　　"便利店。"

　　"便利店？"

　　"受害者们都是连家门口超市也不愿去的腼腆性格，那么她们会在哪里买日常用品呢？便利店和超市不一样。买什么，什么时候去买，都没有人干涉，是个不需要交流的空间。没有朋友，一个人吃饭也不会觉得奇怪。24小时开着灯，随时都可以去。推断为最后一名受害者的女性也是这样。我看了她的记账单，几乎都是从便利店里买的。"

"你确定那个女人是受害者吗？"

"现在正分析DNA，等结果出来就确定了。在此之前，我先去最后一名受害者的工厂附近，看看便利店。"

"好，我也去那边。"

向秀贤汇报之后，海英着手查看洪源洞附近的便利店，从工厂附近开始。如果凶手是从1997年开始杀人的话，年龄至少也要30岁过半了。他首先观察营业中的便利店职员的情况，主要是高中生或大学生。走进一家便利店，海英凭直觉判断那是犯人工作的地方，依据就是他上次所做的犯罪心理分析。犯人不论是居住地还是工作地，周围都会收拾得干净整洁。那个便利店的冰箱里，不仅饮料，所有出售的物品都摆放得整整齐齐，没有一丝一毫的偏差。他正慢慢地在便利店里观察，献基打来了电话。

"DNA结果出来了，正是最后一名受害者。柳承妍是最后的受害者。"

海英走到收银台前，向高中生模样的打工生询问其他职员的情况。姓名金振宇，住在洪源洞。他记下地址和联系方式，问打工生：

"平时有没有什么异常的地方？"

"说话很少，不太好相处，不过今天有点儿反常。他一手拿着箱子，一手拿着绳子回家了。"

"箱子和绳子？"

遗弃尸体用的工具。看来，金振宇又在准备杀人了。

　　和海英通话之后，秀贤朝着停车的地方跑去。看到摇曳的路灯，她想起过去的情景，呼吸变得急促。她停下脚步，做了深呼吸，摇了摇头，努力不再回忆。她继续往胡同深处跑，忽然感觉不太对劲。记忆深处刻画出清晰的画面。秀贤停下脚步，环顾胡同四周。腐臭的气味，脏乱生活的痕迹，秀贤有条不紊地追随着回忆，走在胡同里。在那个房子前，路灯能照到的电线杆前面，她停下来，慢慢地抚摩眼前的事物。

　　"我在这里摔倒了。"

　　头上蒙着黑色塑料袋滚倒在门外的时候，身体撞到了门前的电线杆。

　　"当时我失去了方向感……所以……重新……"

　　好不容易站起来，不顾一切地往前跑，只是因为失去了方向感，她又跑回了原来的地方。谜团总算解开了。

　　"所以路灯的光是反的，而且我忘了绝对……不想记住的事情！"

　　1997年，刑警机动队的警察们根据秀贤的陈述，从河沟开始，调查了直线连接的路线。然而重新回忆起来的出发点并不是那里。她终于找到了自己摔倒时被路灯照到的电线杆。

　　当时失去方向感的秀贤又回到了最初的地方，所以在她摔倒之后，路灯变成了反的。回到原路的秀贤撞到了一个人。金振宇。

　　"我不是说过会帮你的吗？"

　　秀贤想要站起来，但是金振宇不肯放过她。他把秀贤推倒，秀贤努力挣扎。他勒住了秀贤的脖子。秀贤的反抗变得强烈，金振宇的手上也更加用力。就在这千钧一发之际，远处传来了呼喊声。

"车秀贤！车秀贤！"

呼喊的人是材韩。听到意外的喊声，金振宇停了下来。随着声音越来越近，他不得不扔掉秀贤，自己逃跑了。

秀贤不愿再想起这个极度恐惧的瞬间。她唤起了藏在深处的记忆，为了找到作案场所，她动员所有的感官和胡同正面对峙。站在散发出刺鼻的臭水沟味道的地方，她确信无疑。

"作案场所……就在……这附近。"

不愿想起的残忍记忆里的房子，以及当时房子前的下水井的气味……秀贤站在那里，久久地注视着那扇门。秀贤在和恐惧搏斗，眼里噙满泪水。这次她下定决心，无论如何也不能放过犯人。她向前走去，手慢慢地放在门把手上，轻轻地拉动透风的旧玻璃门。秀贤小心翼翼地走了进去。室内比外面更黑。充斥室内的只有冰冷的空气和低沉的音乐。秀贤紧张地从怀里掏出手枪，像20年前那样，她在漆黑的房间里摸索前行。仿佛又回到那个时候了。头上蒙着塑料袋被拖进来的空间。秀贤的呼吸又变得急促，仿佛金振宇马上就会进来，勒住她的脖子。她想离开，不由自主地喘着粗气。但是，她不能离开。

秀贤一步步向前，寻找以前错过的线索。指尖摸到了衣柜。一只冰冷的手从里面凸出来的衣柜。正在她犹豫不决，不敢打开衣柜的瞬间，玄关门静静地开了。听到动静的秀贤吓得浑身发抖，连忙停了下来。隔着塑料袋感觉到的金振宇的手，勒住她的脖子的金振宇，又要和他对峙吗？那人把手放在秀贤肩上的时候，秀贤像疯了似的控制住了他。

"车刑警？"

秀贤控制住的人是海英。秀贤却不顾海英的劝阻，不肯收回手枪，就像见到了金振宇一样，咆哮着反抗。

"放开！放开我！"

"车刑警，冷静一下。"

海英抱住秀贤，让她恢复平静。

"慢慢呼吸，没事的，对……"

秀贤这才回过神来。

"朴……海英……"

"你这是在干什么？虽然你是无所不能的重案组警察，也不能一个人来这种地方啊。"

"没关系，你是怎么……找到这里来的？"

"我找到了犯人工作的便利店，现在我们得抓住这个家伙。他从便利店里拿走了箱子和绳子。"

"又……要杀人了。"

秀贤本能地动了动身体。不能在这里等待，不能让更多的人丢掉性命。海英急忙阻止秀贤。

"不行，你在车里休息一会儿。我已经请求支援了，很快就会有人来的。"

"不，我要亲手抓住这个家伙，抓住他，才能结束这个噩梦。"

信 号 ［下］

一

不一会儿，警车到达，鉴定组组员和警察们一起赶来，包括献基在内。

"姓名金振宇，年龄37岁，在便利店里工作的合同工。"

开灯，打开衣柜，里面有箱子，箱子里面装着身份证、旧日记本、名签、小说、雨伞，平凡的物品上面用同样的字体写着徐英珍、尹尚美、朱仁姬、朴世贞、卢贤美等受害者的名字。

去过便利店的警察们发现了抑郁症药瓶，开始寻找周围的摄像头，了解金振宇的活动路线。

"重案一组和车秀贤查看金振宇工作的便利店的监控，重案二组和金桂哲调查金振宇的手机、信用卡和个人信息，找到他的亲戚或校友，调查有没有人最近联系过金振宇。鉴定组在嫌疑人家里寻找证据，朴海英对嫌疑人进行犯罪心理分析。"

安治守下达命令之后，所有人都分散开去。海英查看从家里发现的箱子。

"第一名受害者尹尚美的日记本，第二名受害者朱仁姬的名签，第三名受害者李慧英的手帕，4、5、6、7、8、9、10，少一件，最后一名受害者柳承妍的东西没有见到。"

这时，桂哲打来了电话。

"我查了嫌疑人金振宇的家庭关系，金振宇的父母在他很小的时候离婚，后来他一直和母亲生活在一起。他的母亲名叫李顺英，这个房子也是以李顺英的名义购买的。"

"嫌疑人和母亲一起生活吗？不，这里没有女人生活过的痕迹，一件化妆品都没有。"

　　海英跑到鞋柜前看了看，只有一双男运动鞋，下面有一双很久没有穿过，落了很多灰尘的旧鞋。难道他真的和母亲一起生活？

　　这时，献基拿着一件东西走了过来。

　　"这好像是人的骨头啊？"

　　与此同时，没有在附近发现监控镜头的重案一组和秀贤，正在周围邻居的帮助下，查看他们用摄像头拍下的内容。画面上出现了深夜拖着大旅行箱的金振宇。推测他是去往埋葬尸体的东夷山方向。海英给秀贤打电话。

　　"怎么了？发现什么新线索了吗？"

　　"以前你被劫持的时候说在衣柜里摸到了尸体，对吧？你的记忆应该是对的。柜子里面找出了人的骨头。某个人的尸体保存在这里。不会是普通的受害者。既然能把尸体保存在家里，那么死者和犯人之间必然有着感情关联。如果抛弃到外面，有暴露身份的危险。如果是他妈妈的尸体，那么保存了18年的尸体，为什么现在想要埋葬呢？显然是金振宇的感情发生了变化。"

　　听了海英的分析，秀贤和重案一组的警察们急忙赶往东夷山。所有的人分散开来，沿着山路向上走，寻找金振宇。砰！砰！砰！突然传来一阵枪声。

　　大家都惊讶地停了下来，迅速冲向枪声传来的方向。开枪的人是秀贤。半山腰，一棵大树的粗枝掉落下来，一个头上套着黑色塑料袋的男人倒在旁边，不停地咳嗽。金振宇把绳子挂在树枝上，准备上吊自杀。秀贤开枪打断树枝，阻止了金振宇的自杀行为。

　　她大步走向金振宇，粗暴地把他扶起来，摘掉他头上的塑料袋。金振宇喘着粗气，惊讶地注视着秀贤。秀贤冷冷地看着金振宇，小声说道：

信 号 ［下］

—

　　"这回我来帮你。"

　　金振宇的眼神由惊讶变成恐惧。秀贤抓住他的头，枪口瞄准了他的脖子。

　　"你……不能这么容易就结束……绝对不可以。"

　　秀贤咬牙切齿地说道。她的脸在剧烈地颤抖。

　　安治守和金范周并排坐在观察室里，望着被带到调查室的金振宇。

　　"经过确认，逮捕洪源洞连环杀人案的犯人金振宇时发现的尸骸正是金振宇的母亲李顺英。从牙齿状态来看，死亡年龄在40岁中段，也就是犯人第一次作案的1997年前后。死因尚不确定，没有发现舌骨和颈椎等部位的骨折。比起他杀，自然死亡的概率大些。"

　　"就算他没有杀死他妈妈，那他为什么要杀死其他女人呢？"

　　站在后面的秀贤回答了金范周的这个职业化问题。

　　"金振宇7岁的时候，他的父母离婚了，他和患有严重抑郁症的母亲一起生活，小时候受到的抛弃和虐待最终成为他杀人的动机，这是我的推测。"

　　"因为小时候受过虐待而杀人？疯子、垃圾。大家都辛苦了。在移交监察部门之前好好收尾，准备一下记者招待会上的媒体报道资料。"

　　侦查局长金范周离开观察室，桂哲委屈地倾诉道：

　　"什么？这是什么意思？就这样吗？难道不应该提前晋升一级什么的吗？"

　　"警察漏掉的犯人又杀死了9个人，难道还能把事情弄得轰轰烈烈吗？"

　　"唉，喝杯酒吧。"

桂哲和献基离开观察室。海英走进调查室，坐在金振宇对面。金振宇的眼神很空洞，失去了生活的斗志，像死人似的纹丝不动。海英看着金振宇，把CD播放器放在桌子上，按了播放键。这是金振宇家里播放的音乐。

"最后一名受害者，柳承妍的东西，是这个吧？柳承妍经常听的音乐，听说你一直在重复播放。一年了，你一直在听这个音乐吗？"

金振宇只是默默地注视着海英。

"柳承妍和别人不一样，是吧？"

金振宇没有回答，只是静静地听着音乐，回想起和柳承妍最后的时光。

那是她的耳机掉在地上时流出的歌曲。惊恐的她哽咽着求他放过自己。他以为自己可以的。他想像对其他人那样对她，可是做不到。本来想从前面勒住她的脖子，可是金振宇没有勇气，于是退到后面。他颤抖着说道：

"我来帮你。"

他从后面抱住她，用胳膊揽住她的脖子。只有片刻的挣扎，她就不再动弹，好像死了。这时，一行眼泪落下来，金振宇不知道这是为什么。直到现在，他被警察抓住带到这里，也仍然不明白那行眼泪意味着什么，为什么一年来一直听那首歌，为什么一听到那首歌心情就会变得平静。

从调查室出来，秀贤望着戴手铐的金振宇被带走。海英对她说道：

"金振宇恐怕不知道自己喜欢上了那个女人，因为没有人教他这种感情。从那之后，他没有再杀过人，所以他想自杀，因为不能杀人，他就失去了活着的理由。车刑警也这么认为吗？那个人，只是个疯子、垃圾？"

信 号 [下]

一

　　"不管童年如何不幸，金振宇毕竟是杀死了11个人的杀人犯，不值得同情。"

　　"有的人生来就是怪物，也有人为制造出来的怪物。如果有人，哪怕有一个人向他伸出手，金振宇和死去的受害者们都可能得到救赎。"

　　海英想起了哥哥，不管自己是否情愿，哥哥已经被人当成了怪物，最后自己划破手腕离开了人世。海英想着哥哥，用夹杂着怜悯和憎恶的目光望着金振宇。

　　案子破了。那天夜里，海英在车里等待呼叫。数字手表显示23点23分，对讲机响了。

　　这时，材韩的心情非常急切。安慰因受刺激而无故旷工的秀贤回来，他又去了洪源洞，依然没有什么收获。从胡同里一个简陋的房子出来的时候，对讲机响了。

　　"警卫？怎么样？犯人抓到了吗？"

　　"李刑警。"

　　材韩似乎有些着急，大声催问海英：

　　"是的！我在听！犯人抓到了吗？"

　　"犯人，抓到了。"

　　材韩站在胡同口和海英通话。抓着对讲机的手靠在墙上，他紧紧闭上眼睛。抓到了，终于抓到了。他有点儿气愤。想到秀贤的痛苦，想到那些被残忍杀害的受害者，他真想立刻把犯人送进监狱。竟然到了2015年，材韩强忍着虚脱感，继续通话。

"到底是哪个浑蛋干的？"

"您也知道，我们无法决定某个人的人生，弄不好还会摧毁无辜的人生。"

海英想起那些因为对讲机而改变的人生。因为涉嫌参与京畿南部连环杀人案而被逮捕，死于癫痫发作的崔永信；因为汉营大桥倒塌而失去生命的吴京泰的女儿恩芝；被吴京泰杀害的申东勋；失去幸福的吴京泰。材韩明明知道海英话里的意思，却还是很生气。他为离去的人感到心痛，也为没有犯错却可能成为罪犯目标的人们担忧，他大声喊道：

"你是说我们只能眼睁睁看着无辜的人们死去吗？"

海英平静地对材韩说道：

"第二次通话的时候，你说千万不要放弃。之所以存在悬案，就是因为有人放弃了。所以，你也不要放弃。"

正在这时，对讲机关机了。不要放弃，是的，不会放弃的。材韩暗下决心。无论如何，我要现在抓到他，而不是等到2015年。材韩回到办公室。正济一看到材韩就转告他，案子已经结束，让他收手。

"这是什么意思？"

"班长说案子已经结了，还教训了我们一通，说就是一次单纯的劫持，打算拖到什么时候。"

听了这番解释，材韩立刻要去找金范周，却被正济劝阻了。

"喂，如果能找到线索，早就找到了。你打算千年万年就抱着这个案子不放吗？不要去顶撞班长，只会让你自己受伤。"

信 号 ［下］

—

材韩紧握拳头，强忍愤怒。第二天，他带着病假结束回来上班的秀贤，去了医院的太平间。

"摸一下，看你是把人体模特当成尸体了，还是真的尸体。摸一下吧，你可以的。"

秀贤虽然害怕，但是从材韩真诚的眼神中得到了勇气。她闭上眼睛，摸了摸尸体的手。

"对，就是这种感觉。"

"好的，辛苦了，零点五，谢谢你，回办公室去吧。"

材韩把秀贤送回办公室，自己坐在车里，展开了洪源洞地图，静静思考。像是想起了什么，他发动汽车。柜子里的尸体保留的原因是，如果尸体被发现，就有可能暴露身份；如果他不是一个人独居，而是两个人一起生活呢？材韩跑到洞事务所，打开登记簿，把两口人的家庭地址抄写下来，然后逐一上门调查。

经过某个胡同的时候，脚下的下水井里涌上一股臭水沟的味儿。材韩眨了眨眼睛。吱嘎一声，胡同边上的门开了，一名年轻男子走了出来。材韩挡住男人的去路，看了一会儿。那人正是金振宇。

"洪源洞案消失了！"

和材韩通话后的第二天，海英上班时发现，洪源洞案从材韩记录案件的字条上消失了。字条上只有1989年京畿南部案、1995年大盗案和1999年仁州女高中生案。海英惊讶不已，连忙跑到调查室。金振宇应该坐在里面的，然而现在空空荡荡。海英又赶到洪源警察署，向侦查支援组索要案件资料。

"这是您要的资料。"

资料中记录了1997年10月—12月洪源洞杀人案，嫌疑人金振宇和案件概要。文件的最后写着："1998年1月20日，嫌疑人在自己家里被逮捕。"

海英从洪源警察署出来，走在受害者们住过的洪源洞一带。50多岁的徐英珍拎着菜篮子出来了。她的女儿长大了，挽着胳膊跟在她身边。除了徐英珍，2000年之后的案件受害者们都活了下来，现在依然活得很好。

1998年被捕的金振宇正在治疗监护所服刑。他因杀人罪被判无期徒刑，但是服刑期间症状加重，被移送到治疗监护所。金振宇呆呆地坐着，眼神和在调查室里见到的一样。他看起来有气无力，依然是生无可恋的表情。阳光从窗棂涌进来。新来的志愿者们在走廊里和大家打招呼，其中就有柳承妍的声音。但是，金振宇和柳承妍都不知道彼此间有过怎样的缘分。她重新获得了生命，不知道会不会因此开始某种不幸。但是只要没死，只要活着，无论如何，只要活着，至少就有机会获得希望。

因为有人抓到犯人，因为有人不肯放弃。

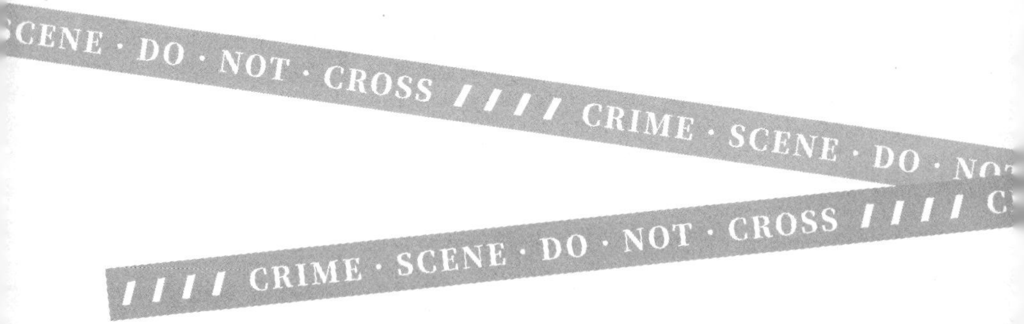
CENE · DO · NOT · CROSS //// CRIME · SCENE · DO · NO
//// CRIME · SCENE · DO · NOT · CROSS //// C

仁 州 女 生 性 侵 案

仁
州
市

1 9 9 9 年

一切都是从柳树屋开始的。

刚开始是1个，后来是7个人类，

最后是10个恶魔。

1999年2月12日，距离情人节还有两天，秀贤正在制作有关婚姻诈骗案的笔录。隔着电脑屏幕，一名面容俊秀的男子和三个不同年龄层的女人相对而坐。现在，秀贤已经颇具警察气质。她问几个女人：

"你们三个人中间，有谁听这个男人说过爱你的话？"

三个女人都毫不犹豫地举起了手。

"这个人，确定是婚姻诈骗犯了。"

"怎么了？跟女人交往的时候当然要说我爱你，然后上床睡觉。要不然说什么？说你滚开，然后睡觉吗？"

男人好像觉得很委屈，皱着眉头说道。秀贤训斥他说：

"你这个人，怎么说话呢？拿人心开玩笑吗？像你这种人是世界上最可恶的人！"

听了秀贤的话，一个原本安静坐着的女人哭了起来。男人的神情反而更加无耻，仿佛在说："那又怎样？"秀贤有些不知所措了，连忙安慰女人说：

"找个更好的男人就行了，有什么好哭的。"

秀贤想从桌子里面找纸巾，递给哭泣的女人，但是没有摸到。她不得不从自己的包里找纸巾，没想到一起拿出来的还有个漂亮的小盒子。盒子滑落在地。秀贤环顾四周，生怕被人看到。她慌慌张张地把盒子塞回包里。那是巧克力盒子。整个审问过程中，秀贤一直担心会不会有人看到，然而周围的警察们都是漠不关心的样子。审问结束，秀贤走出办公室，原本假装没看到的警察们开始你一言我一语地议论起来：

"哎呀，车秀贤会不会因为自己单相思而在审问过程中过于情绪化啊？"

信 号 〔下〕

一

　　"刚才看到了吧？那个盒子，是巧克力吧？看来车秀贤这回是真打算送出去了？"

　　"两年了，终于要表白了吗？"

　　"李材韩这家伙真是烦人，表现得那么明显，怎么就他自己毫无感觉呢？"

　　"一点儿眼力见儿都没有的家伙，他能知道什么？"

　　"可是车秀贤她喜欢那小子什么呢？"

　　几名警察说说笑笑，谈论着秀贤和材韩的事情。这时，材韩走进了办公室。也许是连续几天通宵潜伏的缘故，头上像顶了个鸡窝，打着长长的哈欠。感觉到大家都在看自己，他晕头转向地问道：

　　"干什么？怎么了？"

　　同事们纷纷咂舌，窃窃私语。"你看看吧。""肯定不知道吧。"这时，秀贤回到办公室。正济赶忙问材韩：

　　"听说后天是情人节？送巧克力的日子，材韩你有没有收到别人送的什么东西？"

　　秀贤一脸慌张，无言以对，默默地看着材韩。材韩不以为意，回答说：

　　"喂，我最讨厌送这种东西的女人了。没什么用，都是虚的。"

　　刹那间，刑警机动队办公室里变得鸦雀无声，秀贤极力表现得无所谓。今年的巧克力又没送出去，她沮丧地回到家里。高中生妹妹秀敏跟在姐姐身后，追问姐姐有没有表白。别看妹妹年纪不大，却比姐姐更懂人情世故，也更成熟老练。见秀贤不回答，秀敏就翻起了姐姐的包。小小的巧克力盒子还在里面。

　　"你看看，我就知道会是这样。傻瓜，连巧克力都送不出去？啊，急死人了，真是的。那个人到底有多么优秀，你连句表白的话都不敢说？他是张东健吗？你到底喜欢他什么？"

秀贤躺在床上，听着妹妹的数落，想起了几年前材韩走进她心里的那一天。

那天国会议员要来视察，办公室里从上午就开始忙碌不堪。刑警机动队办公室很久没有这么整洁明亮了。他们正在进行大扫除，椅子全部放到桌子上面。侦查回来的材韩疲惫不堪，气呼呼地问，这些平时都不做，为什么现在要做这么无聊的事。

"材韩呀，你也帮帮忙吧，今天议员要来视察。"

"我们是高中环境美化小组成员吗？平时什么样就什么样吧。"

同事们知道材韩的性格，算了，他们只好继续干活儿。当时秀贤正在整理储物间。她把茶杯擦干净，也擦了托盘和茶勺。秀贤身体有些难受。今天要求穿制服，她的服装也不舒服，打扫卫生的时候总是担心。整理完后，秀贤回到办公室。材韩对秀贤说道：

"你又当上茶馆服务员了？不去破案，每天给人送咖啡，嗯？"

秀贤连说话的力气也没有，放下托盘就出去了。她也不喜欢做这些事，可是刑警机动队第一位女巡警的标签，再加上吉祥物的外号，不管做什么事情，她都被当成女人对待，而不是警察。本来心情就不好，材韩又这么说，她也不想回答，索性默默地走开了。关门的时候，她听到材韩的声音传来：

"他们没有手没有脚吗，为什么每天都让女人给冲咖啡？"

心里感激，却又无可奈何，这样的现实更令人疲惫。秀贤回到值班室，

信 号 ［下］

—

闭了会儿眼睛。她真的只是想坐一会儿就下去，不料正济来到值班室，冲她发起了火：

"喂，你在这里怎么能行？议员来了，快出来。"

秀贤吓了一跳，起床整理衣服，匆忙跑了出去。她去储物间拿刚才准备好的托盘，却发现托盘不见了。正济也慌了，秀贤急得到处寻找，可是怎么也找不到。金范周班长肯定已经说了"刑警机动队吉祥物会为我们倒茶"。按照仪式程序，议员将参观办公室，在队长办公室喝茶。这可糟糕了。他们胆战心惊地跑进队长室，却被眼前的场景惊呆了。材韩拿着托盘，一本正经地从队长室走出来。

"喂，你疯了？"

"啊？前辈……"

正济和秀贤瞪大眼睛，惊讶地说道。

"你看看，重案组都要沦陷了。眼睛忽闪忽闪，眉飞色舞的，小丫头，所以别人才吩咐你冲咖啡。你打算当花瓶当到什么时候？"

"不是说……要和蔼可亲吗？"

秀贤看着材韩的脸色，眨着眼睛说道。

"你看看，又来了，又来了……眼睛瞪那么大，那么漂亮，又来了。重案组，小丫头，眼睛要有力量才行啊。就是因为你柔柔弱弱，所以才会感冒。你看看我们，一年365天生过病吗？你要是再病恹恹的，等着瞧，看我不打死你。"

不懂表达的材韩假装生气，实则是在照顾秀贤。正济忍不住笑出声来，开玩笑说：

"啊哦，李先生，也给我一杯咖啡吧。"

"哼，你想死是吧？"

材韩难为情地拿着托盘，迅速走进重案组办公室。后来听说材韩厚着脸皮，端着托盘走进去，问需要几勺咖啡伴侣的时候，队长和金范周在国会议员面前脸色铁青。因为他们说，一会儿将由刑警机动队的队花来送茶。

想起那天的事情，秀贤就面红耳赤。秀敏继续追问她到底喜欢材韩哪点，秀贤捂着涨红的脸说：

"啊，不知道。"

材韩就是这样一个人，可是已经15年没有消息了。"等案子结束后再谈。"说完这句话出去，然后就再也没有回来。秀贤耐不住妈妈的软磨硬泡，穿上粉红色的连衣裙，化好妆，做好了相亲的准备。正在这时，她接到国家科学研究所特殊验尸室的电话，直接跑了过去。这可比被强迫的相亲重要得多。正好海英也在办公室里整理报案的资料，听说有尸骸运来，就赶到了国家科学研究所。好不容易休息一天，两个人在特殊验尸室里又见面了。

"今天二位是一起来的哦。"

秀贤到了，海英随后进来。吴允书说道。秀贤像是不在意的样子，催促吴允书：

"然后呢？具体说一说。"

"性别男，右肩有插过钢针的痕迹。说不定就是车刑警要找的那个人，不过要等DNA检测结果出来才能知道。"

信 号 [下]

—

"我会等的，DNA结果一出来就联系我。"

秀贤和海英来到走廊等待结果，两个人都不说话。过了一会儿，吴允书走出来，告诉他们结果。

"不一致，是另一个人。"

秀贤和海英都安心下来，当然各自有着不同的理由。海英大步走出国家科学研究所，这才对秀贤说话：

"休息日白跑一趟，不过你的审美本来就是这样的吗？粉色连衣裙，又不是去相亲。不，真的是去相亲了吗？"

"少管闲事。"

"真的会吗，结婚？"

秀贤停下脚步，本想径直走过去，但她还是觉得应该问一问。

"我结不结婚跟你有什么关系？我还想问你呢，今天不是你值班，为什么到这里来？你到底为什么对李材韩前辈如此执着？"

"我说过了，因为我很感谢他。"

海英像往常一样狡猾地搪塞。秀贤打断海英的话，捶了一下他的胸膛，让他不要再胡说。

"趁早收起那些一听就不像话的借口吧，说说真实原因。怎么回事，到底？"

秀贤催问道。海英想了一会儿，问秀贤：

"如果我说出真实的原因，你会相信吗？我自己都难以相信，你愿意相信吗？"

"什么？"

是的，不会相信的，说了也没有用。想到这里，海英立刻转移话题：

"对相亲的男人温柔点儿，像审问似的，男人都被你吓跑了。"

从国家科学研究所回到家里，海英找到对讲机放在桌子上，然后拿出从李材韩手册里带回来的字条。写在最后的1999年仁州女高中生案，当时发生了什么事呢？等待呼叫的时候，他睡着了。终于，对讲机响了。

这时，材韩刚刚回到家，洗完澡正准备休息。他甩了甩头发走进房间，外套口袋里的对讲机发出信号音。

"警卫？朴海英警卫？"

"是的，李刑警，我是朴海英。逮捕金振宇的人是你吧？"

一听这话，材韩突然不安起来。他担心自己是不是又弄糟了什么事情。

"怎么样了？有没有什么事变得离谱了？"

"没有，一切都很好，这都是李刑警的功劳。"

材韩轻松地吁了口气。

"真的吗？太好了，那太好了。"

"现在，只剩下一个案子了。"海英表情严肃，小心翼翼地问材韩，"那里……是1999年吗？"

"是的，你又是怎么知道的？"

"1999年仁州女高中生案，这是李刑警的字条上记录的最后一个案子。李刑警……"海英声音颤抖，接着说道，"这个案子将由李刑警调查。"

信 号 [下]

—

"仁州女高中生案？这是什么案子？你那里又出了什么事吗？"

海英做了一下深呼吸，努力让心情平静下来。

"我有事要拜托李刑警。那时候，1999年仁州究竟发生了什么事情，请告诉我事件的真相。这对我来说真的非常重要。"

材韩从海英的声音中察觉到问题的严重性，淡淡地说道：

"仁州市不是我们的管辖范围，我不知道那里发生了什么事，不过……"

材韩的话还没说完，通话就结束了。海英的眼睛却无法从字条上移开。

一切都是从柳树屋开始的。

刚开始是1个，后来是7个人类，最后是10个恶魔。

恶魔并不在远方，就在我们身边。

像牲畜一样践踏曾经是朋友的女学生，然后继续和我们在一起……

仿佛什么事也没发生，说笑……打闹……

犯罪的人那么多，却没有一个人受到惩罚。

从哪里出错的呢……我该怎么办？

留言板上的内容让仁州市闹翻了天。那是1999年。几个正在网吧打游戏的男生最早发现留言板上的这条留言，他们面如死灰。

这时，朴善宇正在辅导弟弟海英做作业。他接到一个电话，惊讶地跑了出去。小学生海英缠着哥哥带上自己，朴善宇却说不可以，你不能去，哥哥马上回来，说完他就走了。

学校里，消息已经不胫而走，所有的人都在交头接耳，议论纷纷。自习课上，同学们三三两两地聚在一起，讨论留言板上的文字。"柳树屋的事情，说的是3班的那个同学吧？"孩子们压低声音窃窃私语的时候，一名女生爬到了楼顶。一名仁州高中的女生站在学校楼顶的栏杆前，下定决心要结束一切。

一周后，材韩从秀贤那里听说了仁州性侵案。

"前辈你来了？"

"出什么事了，气氛怎么这个样子？"

"仁州发生了性侵案，事情有点儿……"

"什么？"

"受害者是一名女学生，涉及的加害者有十几人。"

"什么？十几个人？"

材韩被事情的严重性吓到了。他想起昨天夜里，海英在对讲机里提到的事。

"1999年仁州究竟发生了什么事情，请告诉我事件的真相。"

海英的语气很急切，这个案子到底藏着什么秘密？不祥的预感掠过脑海。这时，金范周来到办公室，满脸不耐烦地踢了几脚暖炉，喊住了所有人。

"注意！大家应该都听说了，仁州发生了一个案子。管辖署解决起来有些困难，我们要以刑警机动队为中心组成特殊侦查组。刑警机动队一组作为主轴，我亲自指挥。刑警机动队一组，金正济、崔锡元、金艺撒、蔡尚勋！带上牙刷！一小时后出发，去仁州。"

金范周下完令就离开了办公室，大家叹息着散去。材韩没有得到命令，他想了个办法。

"锡元，你出来一下。"

信 号 ［下］

—

材韩带着崔锡元出去了。不知道怎么搞的，材韩竟然代替崔锡元，上了去往仁州的汽车。虽然没有金范周的指示，可是正济也没有时间阻止打着崔刑警的幌子强行上车的材韩，只是无奈地叹了口气。恐怕又要和金范周发生冲突了。果然不出所料，金范周坐上副驾驶，看到后排座位上的材韩，厌烦地说道：

"你上来干什么？"

"崔刑警身体不舒服，我替他去。"

"你，啊……讨厌。"

金范周眉头紧皱。材韩假装不明白，问道：

"我去不可以吗？"

金范周看了看其他警察，绝望地下令出发。前往仁州的路上，谁都没有说话。大家的心情都很沉重。不一会儿就到了仁州警察署，最先迎接他们的是记者。

"请问你们是从刑警机动队来的吗？""今后的调查方向是怎样的？""听说上面想把事情极力压下去？"两三名记者拦住警察，连珠炮似的提了一连串的问题。这时，一位仁州警察署的警察站出来，推开记者，带领刑警机动队的警察们走进警察署。提前到达的人等在重案组办公室里，吵吵嚷嚷。他们都是涉嫌犯罪的学生们的父母。

"现在要调查吗？谁允许你们调查了？我儿子犯了什么罪？"

"所以才要调查的，不是吗？"

"调查什么呀，调查？女孩子故意翘尾巴，哪有男人不上钩的？都会上钩！我的儿子，没有错！"

刑警机动队的警察们看着蛮横的家长们。这时，刚才带他们进来的警察笑着走过来,递给他们咖啡。

"远道而来辛苦了,喝杯咖啡吧。"

"是他们吗?"

"受害者最初的陈述中提到了不良团体的孩子们,在市里也是非常有名。他们专门干坏事,唉。"

"刚才他们说的是什么意思?"

材韩打断警察的话,尖锐地问道。

"刚才进来时记者们说的话。"

"啊,那都是他们瞎编的,胡说八道。谁说要把事情压下去了?"

警察努力露出微笑,泰然自若地回答。

金范周去了仁州警察署重案组班长室,正在查看从班长那里得到的调查资料。他一页一页翻看,神色渐渐僵硬,最后说道:

"从头到尾一派胡言,就是因为你们这样做事,记者们才这样吵吵嚷嚷,不是吗?现在已经不是1988年了,调查要透明,透明!"

"什么?您可能还不知道……"

金范周对班长的话似听非听,抽出记录着留言内容的调查资料,继续说道:

"这是开始吧?"

"留言板上的内容刚一上传,就立刻删除了。"

"所以从这里开始就错了,不是吗?删除留言,学生之间的传闻就会消失吗?应该把原始内容向记者公开。"

这番出人意料的话令班长一头雾水,他说不可以这样做。金范周的脸色

—

变得冰冷而僵硬。

"世界上有太多没有生存价值的蛀虫。对待这种蛀虫，既然要抓，那就要做到斩草除根。"

这是上级为了大事化小、小事化了而特意派来的人，他在说些什么？班长捉摸不透金范周的心思。

"刚开始1个，后来7个，最后是10个，合起来18只蛀虫，全部抓起来就结束了。反正他们都是有损地域形象的垃圾，趁机好好清洁、消毒，要透明。"

"我无条件相信金范周班长。"

"班长你也有另外要处理的事情。这个留言，上传的人是谁，请查清楚。"

"本来也一直在查，不过……"

"不是在查！必须查出来。"

"是，明白了。"

听到班长的回答，金范周充满阴谋的眼睛闪闪发光。

走出班长室，金范周把仁州警察署和刑警机动队的警察们聚集起来。仁州警察署重案组的警察们拿来事先复印好的留言内容，分发给刑警机动队的警察。看过留言内容，材韩觉得不可思议。

"这是真的吗？有人编造的吧？"

"看了还不知道吗？匿名的，猜测是仁州高中的学生，但是没有查出是谁写的。"

金范周尖锐地回答了材韩的问题。正济说，如果这是事实，施害学生人数还要更多。金范周点了点头，像下定决心似的说道：

"必须找出来，一查到底。金正济调查准确的案发场所，李材韩找到受害者，调查这篇留言是否属实，其他人员调查学校相关人士，寻找上传留言的人。刑警机动队一人搭配管辖署一人，组成搭档，开始调查，完毕。"

金范周出去了，警察们分别组成搭档，互相做自我介绍。刚才给大家送咖啡，迎接刑警机动队的警察成了材韩的搭档。

"今后请多多关照，刚才太忙，没有好好打招呼，我是仁州署的安治守刑警。"

安治守无论做什么都很努力，脸上总是带着笑容，大概就是从那个时候开始，逐渐变成了另外一个人。这些年的岁月，这些岁月里发生的不得不隐藏的事情从他的脸上夺走了笑容。长期患病的女儿没有希望了，撑不了太长时间。听了医生的话，他崩溃了，呆呆地站在重症室前。这时，他收到了金范周的呼叫。

"听说女儿病危？"

安治守走进首尔厅侦查局长办公室，金范周漫不经心地看着窗外说道。

"所以你才这样的吗？反正女儿也要死了，不再需要医药费……所以你就这个样子。"

安治守默默地瞪着金范周。

"朴海英是当时死去的朴善宇的弟弟，你都知道吧？明明知道却不向我报告，这是为什么？！"

金范周的语气很激动，气势汹汹地冲向安治守，抓住他的衣领，威胁他说：

"养了一条狗，长大了就咬主人吗？系长的头衔，我可以立刻给你摘掉！"

信 号［下］

—

　　像你这样的人，像你这样的小人物，我可以立刻让你消失。面对金范周
杀气腾腾的威胁，安治守表现得格外平淡。

　　"我知道。"

　　"什么？"

　　安治守静静地看着惊讶的金范周，用力推开他的手，从外套里面的口袋
里拿出信封。

　　"现在都结束了。"

　　安治守把辞职信放在桌子上。金范周面目狰狞。安治守没有理会，径直
走出了侦查局长办公室。在女儿死前必须做到，只有这样，才能对躺在医院
里的女儿少些愧疚。安治守急忙赶去女儿所在的医院。再坚持一下。他怀揣
着渺茫的希望，赶到医院没多久，女儿的状态急剧恶化，终于放开了与人世
间相连的绳索。以前，他之所以甘心做恶魔金范周的走狗，那都是因为女儿。
现在，一切都结束了。

　　女儿的葬礼结束之后，安治守给海英打电话。

　　"朴海英，我知道你为什么苦苦执着于仁州事件，你哥哥朴善宇以那种
方式死去，我也觉得很遗憾。"

　　海英正在翻看仁州事件的资料。意料之外的人打来意料之外的电话，说
起意料之外的内容，这让海英有些不知所措。不过，他还是很快恢复了平静。

　　"你说这些是什么意思？你在偷偷调查我吗？你到底知道多少？"

　　"那个案子，比你想的更加危险。如果你了解到真相，你也会像你哥哥
那样落入危险的处境。"

海英怒不可遏。他无法控制自己的愤怒，还是强忍着回答：

"不，我必须知道！我哥哥为什么只能那样死去，就算我死，也要知道。"

"如果你了解真相之后能够承受，那就来吧，到仁州来。"

"你知道当时发生了什么事情？"

"是的，我知道当时发生了什么事情，因为是我亲手弄虚作假的。"

海英不由得毛骨悚然，腾地站了起来。

"你说的是真的？"

"两小时后，仁州医院门前。"

电话那头传来海英的声音。安治守无情地挂断了电话。他已经来到仁州医院。他之所以这样做，倒不是出于赎罪或谢罪之类冠冕堂皇的理由。现在他想说出真相，放下一切。不知道以后还能不能再笑出来，至少他想早一天轻松而平静地入睡。

1999 年的安治守还是生机勃勃，他和材韩一起去了仁州医院。

"受害者是一名学生，名叫姜慧胜，开学上二年级。经常和被指为加害者的学生在一起。案发后，受害者曾试图自杀，情绪不稳，现在还不能直接见面。"

安治守向材韩转述着各种信息，等在旁边的姜慧胜父亲向安治守点头打招呼。看着身材瘦削，明显是饮酒成性的姜慧胜父亲，材韩做了自我介绍，又给他看了留言板上的文字，请他确认。他给人的印象是对生活毫无兴趣，内心充斥着不满，脸更像是被酒精浸泡过。这一切都如实地呈现了他的人生。

信 号 ［下］

一

"对。"

满是厌烦的语气，吊儿郎当，好像是在告诉对方我很生气，不要轻易惹我。

"什么对？"

"上面说得都对。"

"最开始受害者说加害者是10人，为什么说谎呢？"

材韩避开对方的目光，小心翼翼地问道。

"女孩子遭遇这种事，谁能愿意把人数往多了说？当然是因为觉得丢人才这么说。"

他勃然大怒，说完叹了口气。

"都有谁，记得吗？"

安治守问道。他从口袋里拿出字条，递给材韩。字条上写着18个人的名字和所属学校。

"每天晚上都跟这些家伙鬼混，死丫头从不拿自己的身体当回事儿，结果遭遇这种事情，唉。"

"确定吗？"

安治守再次确认。

"上面不是有签名吗？"

"最初的陈述和现在的陈述都是由父亲转达的，我想听孩子亲口说。"

面对材韩突如其来的要求，惊慌失措的姜慧胜父亲和安治守互相对视，看了看对方的眼色。两个人之间流淌着奇妙的气息。安治守急忙阻止材韩：

"啊，受害人情绪不太稳定，不肯见外人。"

"一会儿就行。"

姜慧胜的父亲瞪大了眼睛，对材韩说道：

"什么一会儿不一会儿的，我说不行就不行。我该说的都说完了，请回吧。"

材韩对转身离开的他说道：

"喝酒了吗？"

"你这个人真是过分……该说的我都说了，你走吧！我用自己的嘴巴喝酒也不行吗？真讨厌，警察就可以什么都管吗？"

姜慧胜父亲气呼呼地回病房去了。材韩趁机看了看病房里的姜慧胜。那个瞬间，材韩迅速打开病房的门，径直朝姜慧胜走去。姜慧胜父亲恼羞成怒，安治守也跟着进去，想要拉出材韩。本来安静的病房立刻变得混乱。

"是慧胜吗？我是从首尔来的警察。"

被拉出去的时候，材韩迅速拿出自己的名片，放在姜慧胜的床上。

"哎呀，你这个人！谁让你随便进来的？"

"李刑警！李刑警！"

姜慧胜被大人们的争吵吓坏了，尖叫着把被子蒙过头顶。材韩争分夺秒地说：

"不管有什么想说的，尽管和我联系，记住了吗？"

姜慧胜父亲把材韩赶出去，用力关上了病房的门。

"你再这样下去，万一受害者出什么事，怎么办？"

信 号 ［下］

—

安治守确认病房门已经关上了，气冲冲地问材韩。材韩也气冲冲地问道：

"那个人是酒鬼吧？"

"就算是酒鬼，他也是受害者的父亲。拿着受害者给出的名单调查，就能知道真假了。我们从现在开始调查就行。好了，走吧。"

材韩几次想要再进病房，却都被安治守阻止了。安治守拉着材韩走出医院。不一会儿，病房门开了，姜慧胜的父亲把材韩的名片揉碎，扔到走廊里。

"倒霉死了，往哪儿扔这种东西。"

这时，朴善宇出现了。朴善宇来找姜慧胜，刚才靠在墙上，听见了大人之间的对话。姜慧胜的父亲看到朴善宇，恶狠狠地吓唬道：

"我说过不让你来吧，嗯？"

"慧胜还好吗？"

"换成是你，能好得了吗？赶紧滚蛋，再来一次你等着瞧。"

威胁之后，姜慧胜的父亲回病房去了。朴善宇捡起扔在地上的名片。

从医院出来后，材韩和安治守赶往国道边的某座建筑物。那是案发场所。材韩向先到一步的正济了解情况。

"前年的时候这里还是一家烤肉店，后来关门了，一些不良团伙的孩子就把这里当成了阵地。烤肉店的名字叫柳树屋。"

"监控呢？"

材韩听着正济的解释，四处看了看，问道。

"鬼屋一样的地方，谁安装监控？不过路对面的农田主夫妇和附近居民都说经常见到那些孩子。只要得到目击者的证词，案子就能破。"

那天夜里，仁州警察署对农田主夫妇和附近居民，以及姜慧胜学校的学生们进行调查。

"这些孩子出入这里有些日子了，每天在里面喝酒抽烟，报警也只能管得了一时。"

农夫慢吞吞地说道。他的语气里带着责怪的意味，似乎认为警察也有不对的地方。正济叹了口气，把学生们的照片在桌子上铺开。

"能从这里面认出那些学生吗？"

农夫两口子看着照片，一张一张慎重地选择。

"有个女孩子经常和他们在一起吧？"

"是的，有一个。"

农夫看着姜慧胜的照片，确信地说道：

"我见过几次，就是这个孩子。"

正济调查农夫的时候，材韩也在和姜慧胜的同班女同学交谈。

"你和慧胜关系好吗？"

"她在学校没什么朋友，也不怎么来学校。我经常在市内看到她，她总是和小混混们一起玩儿。"

材韩也拿出了照片。

"你能从这里面认出和慧胜一起玩的孩子吗？"

女生们也是很慎重地选择照片。金范周远远地看着他们。不一会儿，结束调查的正济和材韩把加害者照片贴到了会议室的白板上。

"共18人，和受害者指认的加害者名单一致，只要再拿到加害者的口供，

信 号 ［下］

一

那就差不多可以结束了。"

材韩不说话。

"又怎么了？"

"没有确凿证据。"

"喂，这里不是首尔，没有安装监控，哪儿来的确凿证据？能得到目击者的口供已经是奇迹了。这个案子现在几乎已经结束，到了交接班时间，你去睡会儿吧。"

材韩似乎还是不踏实，他在思考着什么，没有说话。

"啊，别想了，快去吧。你睡了我才能睡。"

材韩耐不住正济的催促，回到住了几天的旅馆。在路上，他和一名男生迎面相撞。男生戴着帽子，从凌晨黑暗的胡同里跑走了。材韩瞥了一眼，径直回旅馆去了。旅馆老板把一个文件袋递给疲惫的材韩。

"警察先生，您是从首尔来的吧？"

"是的，有事吗？"

"刚才有个学生让我把这个转交给首尔来的李材韩刑警。"

袋子里装着尺寸很大的彩色照片。那是高中男生的合照，背景是树林。照片下端写着"1998年仁州高中学生会干部修炼会"。材韩不明白怎么回事，当他把照片重新放回袋子里的时候，突然大吃一惊，又把照片拿了出来。照片上共有7个孩子。材韩慢慢回想起留言板的内容。刚开始是1个，后来是7个人类……7个"人类"。7名仁州高中学生会干部，不祥的预感闪现在脑海里。如果他们是学生会干部的话，那么这个案子很可能被人为操作，使得结果有利于他们。材韩闭了会儿眼睛，然后起来去了学校。

　　海英接到安治守的电话，慌忙赶往仁州。他把车停在仁州医院正门前，去找安治守，却没有见到人。他下车打电话，询问对方在哪里。奇怪的是安治守既见不到人，又不接电话。他心里着急，一边打电话，一边四处张望。这时，旁边胡同里传来隐隐的电话铃声。海英顺着声音找过去，看见了站在路灯下流血的安治守。

　　"系长！这是怎么……"

　　安治守像站在灯光下的演员，艰难地靠在路灯旁边，听到海英的声音，立刻就倒下了。海英大吃一惊，又拿出电话。

　　"坚持一下，我叫119！"

　　安治守满脸痛苦，紧紧抓住了海英按电话的手。

　　"朴海英，对讲机……我，李材韩……"安治守忍着疼痛，结结巴巴地说道，"我听到了李材韩的声音。你扔掉的……对讲机……是李材韩的……车秀贤贴在上面的黄色贴纸还保留着……我把它塞进抽屉里……有一天夜里李材韩说话了……他说找朴海英警卫……不可能的……李材韩不可能活着……听到了对讲内容……我又去看了……明明就在那里，石阶下面……"

　　"您在说什么？"

　　"我……杀死了李材韩……我亲手……杀死了李材韩刑警……这是我最后悔的……"

　　"不可能的，系长……"

海英不敢相信，杀死失踪的李材韩刑警的竟然是安治守系长……

"如果还活着……如果李材韩刑警还活着……告诉他，我也是没有办法，我是被逼的……"

"究竟……究竟为什么，系长要……"

安治守的声音越来越无力：

"一切都是从仁州开始……"

安治守失去意识，留下最后一句话就再也不动了。海英这才回过神来，急忙拨打119，竭力为安治守的胸口止血。

"系长，系长，醒醒啊！不可以，你不能死！系长！"

尽管海英拼命挽救，然而当119急救车到来的时候，安治守还是闭上了眼睛。119救助队员向管辖警察署报案，把安治守的尸体运到医院。专项组组员去仁州医院的时候，满身是血的海英和仁州警察署的警察们站在太平间门前。

"这究竟是怎么回事？"

"系长被杀，这是什么意思？"

秀贤和桂哲催问道。海英不知道从哪里说起，失魂落魄地站在那里，默默不语。这时，广域侦查队的警察们闯了进来。

"怎么回事？"

姜刑警问仁州警察署的负责人。

"我们也正在了解情况。接到119报案就出警了，现场只有他和受害者。他是唯一的目击者。"

姜刑警这才转头去看浑身是血的海英。他压抑不住沸腾的怒火，抓住海英的衣领。

"你干什么？！你对系长做了什么？！"

桂哲走过来劝阻姜刑警，说都是同事不要这样。姜刑警提高了嗓门，厉声说道：

"谁和他是同事？"

"不要这样，现在还不知道是怎么回事呢。"

献基忍不住插嘴，姜刑警更加愤怒了。

"这个兔崽子手上的血是谁的？那是系长的血！"

警察们聚集在太平间门前争执不休的时候，金范周出现了。

"干什么呢？安治守系长呢？"

大家都低下头，不敢开口。金范周生气了，又问了一遍：

"没听见我说话吗？安治守系长怎么样了？"

海英开口说道：

"当场死亡。"

侦查队的刑警看着海英，眼睛里充满敌意。金范周查看了安治守的尸体，命令所有人到会议室集合。

会议室里安静得可以听见彼此的呼吸声。侦查局长金范周向海英询问事情的前后经过。金范周和海英隔着桌子，面对面而坐。秀贤和其他警察站在两边，注视着他们两个人。

"你和安治守系长为什么在仁州见面？"

信 号 ［下］

—

"系长给我打的电话，说是要告诉我1999年仁州女高中生集体性侵案。"

"什么？"

"他说那个案子是弄虚作假的。"

金范周从容不迫，继续问道：

"案子弄虚作假？怎么弄虚作假？"

"我还没有听到。我到达的时候，系长已经遭到了袭击。"

"现场没有见到其他可疑的人吗？"

"只有系长一个人。"

"凶器呢？"

"没有看到。"

"证人呢？周边情况如何？"

"周围太黑……"

金范周拍了一下桌子，恶狠狠地吼道：

"大韩民国的警察！你的直属上司被刺死，你却什么都没听到，什么都没看到？广域侦查队怎么样？你们的队长，无所不能的精英齐聚一堂的广域侦查队，堂堂负责人却在冰冷的路面上被人杀害！抓到凶手之前，谁也别想安心睡觉。广域侦查队全体人员投入这个案子。安治守系长生前行迹、通话内容、信用卡交易记录、案发现场周边监控，所有的调查资料都找出来，把犯人带到我面前，不过……"

连珠炮似的下达了侦查命令，金范周突然停顿下来，瞪着海英、秀贤、桂哲、献基，继续说道：

"长期未破案专项组不要接触这个案子。"

秀贤反驳道：

"安治守系长也是我们的上司。"

"组员中有重要嫌疑人，不能让你们参与调查。"

海英勃然大怒：

"不是我，我为什么要这样做？"

"是不是你要由我们判断，广域侦查队开始调查。"

金范周好像很不情愿地离开会议室。姜刑警走到海英跟前。

"请配合调查，朴海英警卫。"

海英不得不跟随姜刑警走进广域侦查队的调查室。转眼间，他由警察变成了犯罪嫌疑人。

"最后通话的时候，你们约定23点整在仁州医院门前见面，对吧？"

"是的。"

"这件事你有没有告诉过其他人？"

"没有。"

"系长也没有。我看了系长的通话记录，最后一次通话就是和你。所以说，知道你们在那里见面的人只有你和系长，除此之外，别无他人。"

"不是我！"

任凭海英怎样否认，姜刑警都不相信。他说，他还记得上次海英和安治守关于李材韩刑警的失踪案发生过争执。姜刑警提出那天的事情，威胁他立刻说出他们为什么争吵，都说了什么内容。海英说不出来，姜刑警的疑心更重了。

信 号 [下]

—

　　姜刑警调查海英，文刑警调查从通话记录中找到了金成范，其他警察调查安治守的周边。他们翻找安治守的办公桌，这才对安治守的家庭情况有所了解。

　　"他有孩子？"

　　"他有女儿吗？"

　　抽屉深处有两三个相框，面带微笑和女儿的合影。随后，他们翻出了医院的缴费单，这些以前都没有人知道。

　　警察们按照缴费单上的地址去了医院，这才知道安治守的女儿患有骨髓癌，已于三天前死亡。广域侦查队的警察们悲痛不已。上司平时很少说话。虽然一起工作，但是谁都不知道他痛苦的私事。他既不多情，也不多话，大家都以为他没有什么特别的事情，只是每个人在各自的位置上做着该做的事。大家都觉得他就是这样的性格，所以没有人过多地关注他，结果在他经历重大变故的时候，只能一个人默默承担，大家为此感到愧疚。

　　但是，哪里都找不到有用的线索。文刑警倒是从金成范那里听到了意外的信息。

　　"你和安治守系长是什么关系？说实话。"

　　"以前他负责我家孩子的案子，从那之后我就向他提供有用的情报。"

　　"系长去世那天下午3点左右，你和系长通过电话吧？你们说什么了？"

　　"就是随便聊聊。"

　　"不好好回答啊？"

　　"反正我说了，你又不会相信。"

"还真是不说啊！"

"警察和警察之间抢饭碗，受损的还不是我这种家伙？"

"你这是什么意思？"

"几周前，有个警察来找过我。"

"谁？"

"他叫朴海英，对安治守系长的事情刨根问底。"

听到朴海英这个名字，文刑警的眼神变得冰冷。

"问了什么，怎么问的？"

"安系长有没有私吞金钱，有没有弄虚作假，总是问这些。我说不知道，他还是像吸血虫似的纠缠不休。所以我给系长打了电话，让他小心他的下属。"

文刑警立刻向金范周和姜刑警做了汇报。金范周问海英为什么在背后调查安治守，海英行使了沉默权。姜刑警反复追问他为什么要调查安治守系长，海英还不能说。金范周下令对海英做彻底调查，从过去到现在，弄清楚他为什么偷偷调查安治守系长。

听到情况后，秀贤悄悄地来到文刑警身边，跟他询问案子的进展。

"听说安治守系长去世之前在办公室里和朴海英发生过争执，这是真的吗？"

"你从哪儿听说的？"

"听说当时拿着对讲机……对吗？"

"局长的话你没听到吗？专项组从调查组中排除了，不要再问。"

信 号［下］

一

　　文刑警对秀贤的话置若罔闻，从她身边走了过去。秀贤又拦在他面前，继续问道：

　　"系长的遗物中有没有发现对讲机？贴着黄色微笑贴纸的对讲机？"

　　"我再说一次，这次的案子你不要管。"

　　长期未破案专项组被排除出了所有的调查。每个人都对他们闪烁其词，仿佛他们不是同事，而是嫌疑人。结束调查出来，姜刑警已经把海英当成了嫌犯。

　　"手机不要关机，不要出远门，像平时一样，记住了吧？"

　　面对姜刑警带有强迫意味的气势汹汹的态度，海英只是默默地走出调查室，转过走廊拐角。秀贤等在那里。

　　"情况不太好。"

　　秀贤把海英带到警察署的楼顶。

　　"系长离婚之后到现在，一直独自养育女儿。他从来没说起过家里的事情，所以谁都不知道，但是他女儿几天前死了，骨髓癌。广域侦查队所有的人都要爆发了。可是系长死的时候和你在一起，你却不如实陈述。弄不好这个黑锅要你来背。"

　　"不是我。"

　　"知道，我相信你。我知道你没有杀害系长，所以我才问你的。你为什么要偷偷调查系长？"

　　听到秀贤说相信自己，海英有些纠结。

　　"我总得知道些什么，才能帮你啊。"

秀贤惋惜地劝说道。海英呆呆地望着秀贤，下定决心似的开口说道：

"李材韩刑警的腐败案，都是伪造的。"

"你怎么知道？你调查过李材韩前辈吗？"

"安治守系长和一个名叫金成范的黑帮成员合谋。"

"你怎么会知道？你为什么知道这个……"

"这个不重要，重要的是安治守系长和李材韩刑警腐败案有关系，而且后面藏着更大的警察势力。刚才你说了，相信我。我也是。除了你没有别人，警察组织里唯一相信我的人，只有车刑警了。"

"有证据吗？安治守系长伪造李材韩前辈腐败案的证据。"

"系长去世之前我只是怀疑，现在可以确定了。"

"这是什么意思？"

"系长参与李材韩刑警腐败案的伪造是迫不得已。"

"什么？"

秀贤惊讶不已，似乎无法相信。海英淡淡地说道：

"系长去世之前对我说，是他杀死了李材韩刑警。"

秀贤僵住了。

"不要说谎，系长……系长为什么……到底为什么……"

"他亲口对我说的，是他亲手杀死了李材韩刑警。"

比起安治守杀死材韩的事实，更让秀贤崩溃的是材韩确定已经死亡的消息。每次有尸骸运来她都会跑去确认，毕竟还有一线希望，或许他还活在人世。不料，竟然是安治守杀死了材韩。秀贤忍着眼泪，声音颤抖地问，安治

信 号［下］

一

守为什么要杀死材韩。

"仁州，他说一切都开始于仁州。李材韩刑警和系长都是因为那个案子而死。"

拿到仁州高中学生会干部合影照片的第二天，材韩去了学校。上课了，安静的教务室里只有几名老师，他们都知道这个事件，所以气氛很低沉。听说是警察署来的人，学生主任另外找了个地方。

"我是负责调查这个案子的李材韩，我想了解一下受害者慧胜同学的人际关系，她有没有平时比较亲近的朋友？"

"和慧胜比较亲近的孩子吗？"

"是的，她在学校里没有比较亲近的同学吗？"

"她不怎么来学校，来了也是独来独往。这孩子不爱说话，连老师们都觉得她不好相处。"

"听说'人类'孩子中有一个和她谈恋爱……"

材韩故意使用"人类"这个字眼，不动声色地试探学生主任。

"什么？这叫什么话？'人类'孩子哪儿都不差，怎么可能和慧胜……"

学生主任恍然大悟，咽下了将要出口的话。

"'人类'，指的是仁州高中学生会的干部吧？"

"这个，他们和这个案子毫无……"

"可以看一下他们的档案吗？"

学生主任有些慌张。这名警察说话和别的警察不一样。如果不给他看，反而更加招致他的怀疑，主任只好拿来学生档案。档案上记载着学生的照片、家庭关系、成绩等。

李政赫、徐京一、朱贤卓、白敏浩、金秀光、沈振旭、李东振，其他内容没有什么特别之处，但是材韩注意到一点：7个孩子的父亲职业栏写的都是仁州水泥厂所属部门和职位。材韩觉得这里面有问题，于是又认真翻看了一遍。

和朋友们一起做了不该做的事情，但是他深感愧疚，于是通过留言板公开了自己犯下的罪行。虽然性格内向敏感，不过至少明辨是非，能够做出正确判断，是个有正义感的孩子……

材韩确信，这7人当中肯定有人具备这种气质。

积极活泼，自我意识很强，在需要创意的事情上表现突出，出色地履行班长职务。

做事主动，协作性强，成绩良好，有强烈的自我主张，不轻易放弃，坚持不懈，作为班长，言行举止都为全班树立了典范。

性格积极活泼，自我意识很强，带领同学们积极行动，具有强烈的挑战精神，努力达到目标，有上进心。

性格爽朗活泼，带领身边的同学积极参与班级工作。开朗乐观的性格使得该生与同学和谐相处，起到主导班级氛围的作用，在科学探索方面表现出卓越的才华。

具有明确的个人观点，爱笑，令人愉快。创意能力突出，做事积极踏实，和同学友好相处。

性格安静，言行沉着，理解和关爱周围的人，人缘好，观察能力出众，做事慎重，从不说轻率的话，深思熟虑，尤其擅长英语。

信 号 ［下］

—

乖巧懂事，善于理解同学，很受同学的信任。学习能力强，积极乐观，成绩优秀，是一名容易相处、善解人意的模范生。

材韩仔细看过学籍档案后，记下了其中一名同学的地址。仁州市仁政区尚明洞275号。

警察们赶往仁州之前，金范周紧张地整理领带，走进首尔一家高档日式餐厅。在服务员的引领下，走过迷宫般的过道，到达深处的房间。

"到了。"

随行要员敲门，先进去汇报金范周的到来。国会议员张英哲独自面对着华丽的菜肴，头也不回地专心夹菜。

"刑警机动队班长金范周。"

尽管张英哲看也不看他，金范周还是冲着他的侧脸恭恭敬敬地行了个大礼。张英哲仍然是一副无所谓的样子，夹了一片生鱼片放进口中，对秘书说道：

"警察方面呢？"

"明天警察厅要进行人事更换。"

"是啊，要想组织不腐烂，就要持续输入新的血液。"

张英哲的语气冰冷而干燥，不夹杂丝毫的湿度。金范周惊讶得瞪圆了眼睛，终于摸清头绪，说道：

"不管什么事情，请尽管吩咐。"

虽然紧张得有些僵硬，但是足够忠诚和耿直。

"我会竭尽忠诚。"

金范周又深深地低下头去。张英哲放下正在夹食物的筷子，严肃地转过头去。

"这是什么意思？对我忠诚什么，警察是用来对我忠诚的吗？"

金范周慌了。你不就是希望我这样做吗？难道是我猜错了？我要说什么，才能得到他的信任呢？他眼珠子转来转去，冥思苦想。

"警察嘛，不管遇到什么事都不能动摇，必须公正而透明地调查。"

张英哲继续吃着食物，漫不经心地说道。他又转过头，凶狠地看着金范周。金范周这才明白张英哲话里的意思，点了点头。

"对，当然了，公正而透明。"

张英哲瞪着金范周，慢慢地，一个字一个字用力地说道：

"不能有一丝一毫的误差。"

啊，原来是这样。金范周明白了张英哲想说的话，意识到自己的机会来了。他轻轻一笑，说道：

"不能有一丝一毫的误差，我会做到的。"

金范周是带着特别任务来仁州的。材韩要求查看学生会干部学籍档案的消息，他听了不可能愉快。金范周叫来了仁州警察署重案组的班长。

"找到在留言板上发帖的孩子了吗？"

"还没有……"

"分明就是学生会干部中的某一个，只有他们对这件事情了解得那么细致。从7个人中查，有那么难吗？"

"他们都说不是自己，怎么办呢……"

信 号 ［下］

—

"他们说不是，你就相信吗？就算严刑拷打也得抓出来！"

"对不起。"

"对不起？对不起就完了吗？如果李材韩刑警比我们先一步找到那个孩子，你和我都完蛋了！明白吗？"

"我已经按照您的吩咐，让7名学生都和外界断了联系，应该联系不上的。"

"把这几个孩子都送出仁州，反正是假期，走亲戚也好，家庭旅行也好，让他们离开仁州。"

班长立刻给学生家里打电话，告诉他们的父母说没有时间了，尽快把孩子送走。两个孩子家里没有人接电话，正好安治守回到警察署，班长就派安治守去了那两个孩子的家。

材韩从学籍档案中选出的孩子是李东振。他拿着写有地址的字条去找李东振的家，在一个小店铺里向人问路。上了年纪的老板正在蒸豆沙包，一看就是在这里住了多年的土著。

"老人家，请问275号在哪里？好像就在附近。"

"275号……柳树屋？往上面走一会儿就到了。"

"柳树屋？"

"是的，这里的人都这么叫，他们家院子里有棵大柳树。"

材韩想起留言板上的内容，"一切从柳树屋开始"。

整洁的洋房，围墙里有一棵大柳树，树枝随风飞舞。不一会儿，门开了，李东振拿着旅行箱出来了。安治守也跟在后面。刚才李东振没有接班长的电话，安治守急忙来接他，千叮咛万嘱咐让他千万不要开手机。李东振坐上安治守的车，正要出发的时候，只听"咣"的一声，材韩出现在车窗前。安治守吓了一跳，踩了急刹车。材韩迅速上车，和李东振一起坐在后排。

"果然是仁州警察署警察的作风，您也看出来了吧？一切从柳树屋开始，上传留言那个孩子。"

李东振的视线摇摆不定。安治守也掩饰不住惊慌。材韩没看出怎么回事，说道：

"是你吧，李东振？去警察署吧，您来这里不就是想带他去警察署吗？"

安治守不得不开车回警察署。到达仁州警察署的时候，李东振浑身发抖。听到消息的仁州警察署重案组警察们哑然失色，纷纷跑了出来。材韩若无其事地走过他们面前，带着李东振进了调查室。晚些时候听到消息的金范周跑了过来，冲班长大喊，要他联系孩子的父母，然后走进了观察室。

材韩让李东振坐下，自己走到对面坐了下来。面对胆怯的李东振，材韩温和地说道：

"抬起头来看着我，没事的。"

李东振还是低着头。

"李东振！"

材韩大声呼唤李东振的名字，吓得缩成一团的李东振这才抬起头来。材韩把从仁州高中网站留言板上的打印文件放到桌子上。

"一切都是从柳树屋开始的。刚开始是1个，后来是7个人类，最后是10个恶魔。"

信 号 〔下〕

一

"这件事我不知道。"

"恶魔并不在远方，就在我们身边。像牲畜一样践踏曾经是朋友的女学生，然后继续和我们在一起……仿佛什么事也没发生，说笑……打闹……"

"我不知道！"

李东振吓得大声喊叫起来。材韩默默地看了看他，哄着他说：

"我看过你的生活记录簿，不，你们几个人的都看了。正如你说的那样，其他6个人好像什么事都没发生过，继续上学，参加社团活动，准备参加明年的会长竞选，只有你不是这样。从11月中旬开始，你就一直旷课或早退，虽然上面写的是病假……不过你并没有生病，对吧？"

李东振又垂下了头。

"东振啊，仁州是个很小的地方。我到所有医院去查过，都没有看到你住院或就诊的记录，倒是因为其他理由去过医院。那就是住院的慧胜。你几次去医院看望慧胜，但是都没有见到就离开了。护士看到你的照片认出来了。东振啊，你不想成为恶魔，是不是？"

李东振开始流泪。材韩慢慢地说道：

"尽管是为了朋友，但这的确是不该做的事情。不过你知道自己做错了，所以说吧，最开始的那个，都是他让你们做的吧？"

金范周在观察室里紧张地看着材韩和李东振。这样下去，如果孩子把真相和盘托出，那就彻底完了。调查还在继续。

"对，从头到尾都说出来吧，慧胜和你是什么关系？"

"什么，什么关系都不是，在那天之前我从没和她说过话。"

李东振哽咽着说道。

"哪天？"

"他们两个人先来找我的。"

李东振哭出声来，说起那天的事情。

"有一天，善宇带慧胜来了。我很吃惊。善宇是模范生，竟然和不怎么上学的慧胜一起来了，我觉得奇怪，就问他们怎么走到一起的。善宇笑着说，我们家房子空着，每周在我们家学习一天。他说慧胜没地方学习，自己家又不合适。我问善宇是不是喜欢慧胜，他说不是，他们是师徒关系。善宇每周辅导慧胜学习一次。"

正在这时，李东振的父亲冲进了调查室。他不顾一切地闯进来，不给别人阻挡自己的机会。

"起来，我们走！"

"您这是干什么？"

李东振的父亲拉起李东振，准备出去。材韩阻止了他，大声说道。

"我还想问你呢，你这是干什么？你没看到他是未成年人吗？你把他带到这里来，征得谁同意了？"

"他是重要案件的证人，你放手。"

"我要带我儿子走，你算什么，在这儿大呼小叫？"

李东振的父亲大发雷霆，要带儿子出去，材韩试图阻拦，金范周却制止了他。

"让他们走。"

信 号［下］

—

"不可以。他们又会不遗余力地找借口，重新制造虚假口供！"

"对方是未成年人，不经正式传唤程序，问题很严重的。7名仁州高中学生会干部，只要审问他们就会知道第一个人是谁。正式传唤证人，拿到他们的口供。"

虽然心里觉得憋闷，但也没有办法。旁边的仁州警察署重案组班长惊讶于金范周突然改变的态度，追上去问道：

"您打算怎么办？真的要澄清真相吗？"

"第一个人，必须找出来。一切都是从这里开始的，不是吗？"

"您疯了吗？"

"总要有个挡风板代替其他人抵挡风雨。没有钱，没有背景，没有人保护的小羊羔。"

"这样的学生到哪里去找……"

"刚才那名学生说了事情是从哪里开始的。"

金范周仿佛胜券在握，露出卑劣的笑容，走进办公室。

安治守的死亡使海英陷入困境，但是秀贤和专项组成员们都对他深信不疑。秀贤对海英说：我要了解真相才能救你，所以你从头到尾，一样都不要漏掉，坦率地说出来吧。

海英带着秀贤来到自己住的阁楼。房间里装满了犯罪心理学书籍和关于悬案的资料。箱子里堆着好多文件，还有做了重要标志的笔记本。墙上到处都贴着悬案资料，按照年份整理的悬案文件，关于犯罪、侦查的旧专业书籍整齐地插在书架里。可以看出海英对悬案有着怎样的执着。秀贤莫名地感到心痛。她静静地打量着房间，海英递给她一杯咖啡，从书桌里拿出一个文件夹。

那是有关1999年仁州女高中生集体性侵案的资料。黄色的文件按照不同的题目做了分类。仁州女高中生集体性侵案的调查资料、警察资料、犯罪心理分析资料，里面是关于仁州案的报道和警察厅内部资料。

"我搜集到的资料就这么多，当时还没有CIMS系统，只能自己四处跑着去找。除了警察厅内部留下来的资料之外，几乎找不到什么有用的。特殊侦查队队员都有谁，我也弄不清楚。你也知道，我和重案组的警察关系不是很好。检查方面的资料也是越过很多人好不容易弄来的，但是比警察方面的资料更粗陋。"

"在看这些之前，我要先听你说。当时在仁州，你，不，你哥哥发生了什么事情？"

该来的终于来了，尽管不愿回忆，然而海英还是唤醒了对哥哥遥远而依稀的回忆。

哥哥是我的朋友、家长，也是老师。哥哥学习好，心地善良，虽然我们是同母异父，但是哥哥并不介意，对我真的很好。那天，我正和哥哥一起学习，他在帮我批改已经做完的练习册。哥哥说如果我得100分，他就满足我的心愿。1题、2题、3题……每当哥哥用红笔画圈的时候，我都好兴奋。可以实现心愿了，好兴奋。最后一道题，哥哥画的不是圈，而是横线。我很失望，问他是不是错了。哥哥叹了一口气，笑着重新画了圆圈。

信号 ［下］

—

　　"啊，哥哥你干什么，现在可以满足我的心愿了吧？"

　　"嗯，是的，说吧，海英的心愿是什么呢？"

　　"我的心愿就是和爸爸妈妈，还有哥哥，我们全家一起出去吃饭。"

　　"哎呀，那算什么心愿。"

　　"真的，上次吃的蛋包饭太好吃了。"

　　"好，我去跟爸爸妈妈说。"

　　我欢天喜地，嘻嘻笑个不停。门开了，应该是妈妈工作结束回来了。想到哥哥会去跟妈妈说出去吃饭的事，我不由得心潮澎湃。不料，进来的是两个成年男人。

　　"你是朴善宇吧？"

　　他们这样问了一句，就把哥哥带走了。当时，我能做的就是跟在深夜被带走的哥哥身后，哭着纠缠哥哥。"哥哥，你去哪儿？哥哥，不要走，哥哥，我害怕。"哥哥一边走，一边安慰我，让我不要担心。他笑着让我回去把门锁好，说他很快就回来。

　　"快回去吧，外面冷，不用担心哥哥。"

　　这是哥哥对我说的最后一句话。

　　可是我等啊等，也不见哥哥回来。好几次听到外面有动静去开门，都不是哥哥。我很害怕，坐在家里哭了很长时间。我担心哥哥，就不顾一切地跑到了警察署，求巡警让我见一见哥哥。巡警生气地说，都几点了，小孩子家还乱跑。他让我明天和妈妈一起来，把我赶出了警察署。

　　几天后的夜里，爸爸往包里装自己的衣服和各种物品，收拾东西。那时，我仍然在哭着找哥哥，妈妈也哭着恳求爸爸：

"善宇爸爸，求求你……"

爸爸冷冰冰地说道：

"我为什么是他爸爸？我没有这样的孩子。"

"我们善宇，不是那种孩子。"

"警察会把没犯罪的孩子带走吗？"

我替哭泣的妈妈向爸爸求情，可爸爸只是说让我快点儿穿衣服。妈妈问他怎么可以不相信自己的孩子，爸爸大声说道：

"他不是我的孩子！"

爸爸的语气很冰冷。就这样，爸爸牵着我的手，离开了家。妈妈无奈地哭泣，我哭着喊妈妈。

哥哥出事之后，爸爸妈妈离婚了，我跟随爸爸来到首尔。当时我太小了，不知道哥哥做错了什么，只是害怕。

听说哥哥从少年院出来后去找他的时候，看到哥哥自杀场面的时候，我也不知道这些都是为什么。原因我是后来才知道的。

"朴海英，你是朴海英，对吧？是的，你就是。"

高中时我在便利店打工，有个孩子叫我的名字。我很想躲开，我不愿想起那里的事情，不愿和以前认识的人再次搅和在一起，于是我极力回避他的视线。那个孩子追到我整理物品的地方，对我说：

"你住在这里吗？"

"这……"

信 号 [下]

—

"我还住在仁州，你突然转学之后，传出了好多奇怪的谣言。你哥哥他们学校不是有个黑帮团伙吗？听说其中一个在警察面前做证，说看到你哥哥逃课，带着慧胜姐姐坐公交车。我们都知道你哥哥他不会逃课的。我们都说不对劲。"

我这才明白，哥哥是被人冤枉了。一直回避对方视线的我，这才抬头看着他，问道：

"是谁？是谁说的？"

"就是一只手被烧伤的那个哥哥。"

我立刻去了仁州。得知真相之后，我几乎要疯了。哥哥是我的全部，现在他被人冤枉，消失不见了，这让我气愤不已。我在仁州的繁华大街上四处寻找，找到朋友说的手上有烧伤痕迹的那个人，在他家门前等他。直到深夜，我才见到那个人。

"为什么，你为什么那样对我哥哥？"

那个人皱着眉头转身看我，很快他就认出了我。

"你是朴善宇的弟弟？"

"你说你看到我哥哥和慧胜姐姐一起乘坐公交车，你真的看到了吗？"

"你个兔崽子在说什么？"

"我问你是不是真的看到了！"

"说话没大没小的，你疯了吗？"

我忍无可忍，抓住那个浑蛋，把他推到墙角。我揪着他的衣领又问了一遍："你为什么说谎？"他没有回答。

"你为什么说谎？你看到我哥哥了？别胡说了，当时我看到你了，你正在学校附近的胡同里欺负路过的孩子，怎么可能看到我哥哥坐公交车？"

我几乎失去了理智，抓着他的衣领使劲摇晃，一遍遍地问他为什么说谎，脖子上的青筋都暴出来了。

"放开我！"

他恶狠狠地说完，甩开我的手走了。我追上他，抓着他的衣领把他拖住，说道：

"你去跟警察说，说你看错了，说你撒谎！"

他抓住我的头发，似乎想让我认清现实。

"喂，你这个神经病，你让我跟警察说？就是警察让我这样说的。"

那一刻，我有种被锤子砸中后脑勺的感觉，神情恍惚。他说什么？警察让他这样说的？

"你这是什么意思？"

"你回去吧。"

剧烈的打击让我愣了一会儿，当我重新回过神来的时候，我追上他。我跟着他走进台球室，拦在他面前。

"把你的话说完。"

"啊，真是的，你这个兔崽子……"

"把话说完。为什么？不能说？我替你说？不是……我哥哥，对吧？我哥哥没有做那种事，对吧？他什么也不知道，被人冤枉了，是不是？你回答我！回答我，我让你回答我！"

信 号 [下]

—

"你在说什么，兔崽子！"

"跟你没关系，滚！"

几个凶巴巴的人拦住我，但是我不在乎。我拼命向前扑去，他的朋友们围过来打我。愤怒到极点的我也不示弱，拼命挥出了拳头，仿佛这样哥哥就能活过来，不，这样我就可以替哥哥报仇了。我咬紧牙关冲上去，奋不顾身。可是我没能躲开迎面飞来的台球杆，被打倒在地。血肉模糊的我爬到他跟前，抱着他的腿。

"是谁，是哪个家伙把我哥哥变成这个样子的？"

"你知道了又能怎样？"

"我不会放过他们的，那些把我哥哥害得这么惨的家伙。我不会放过他们。"

我倒在地上，满脸是血地哽咽不止。他咂着舌头说道：

"你知道你哥哥为什么被人冤枉吗？因为他没有钱，没有背景，也没有力量。所以你也闭上嘴巴，老老实实过你的人生吧，臭小子，毕竟你是善宇的弟弟，我才会跟你说这些。"

他当时就是这么说的。警察们让他这样做证。那个案子是伪造的。我哥哥不是犯人。

秀贤怜悯地听海英说完，开口说道：

"当时刑警机动队的前辈们也去了仁州，加入特殊侦查组，有刑警机动队当时的班长，现在的金范周局长、李材韩前辈，还有刑警机动队一组。"

"我能见到他们吗？"

"不，你不能。"

"为什么？这是我哥哥的事情。"

"所以才不行啊，而且你现在涉嫌杀害安治守系长，最好不要再做被人怀疑的事情。"

"车刑警。"

"而且这也是我的事情。"

秀贤收拾好文件夹站起来，眼睛里透出对材韩的思念和深切的悲伤。从海英家出来的时候，秀贤千叮咛万嘱咐，调查结束抓到真凶之前一定要老老实实待着，不管发生什么事情，她都会立刻联系海英。

"这是我作为组长的命令。"

"我有事要拜托李刑警。那时候，1999年仁州究竟发生了什么事情，请告诉我事件的真相。这对我来说真的非常重要。"

材韩想起海英的恳切嘱托，低头看着不再响起的对讲机，等待朴善宇的到来。

"喂，他来了。"

正济叫材韩。朴善宇的目光中透出惊恐，从警察中间走来。坐在调查室对面的朴善宇吓得瑟瑟发抖。材韩瞥了他一眼，直觉告诉他朴善宇可能不是犯人，但他还是开始了审问。

"我们不是故意的，都是受了朴善宇的指使！""朴善宇有双重人格，大家都被他模范生的面孔欺骗了。这次的事情也是朴善宇先开始的。""应该是慧胜不按照他说的做，所以他生气了，当时他的眼神像个彻头彻尾的疯子。"已经接受过问讯的学生会干部们都做证说朴善宇是主犯。材韩拿出他们的口供复印件，递给朴善宇看。

"上传留言的东振也指证说是你。"

"真的不是我。"

"说是你的证词比比皆是，不是你的证据一条也没有。"

材韩静静地说道。朴善宇看着他，从口袋里拿出一件东西。那是被姜慧胜父亲揉皱的名片，材韩的名片。

"我在慧胜病房外面看到您了，我觉得叔叔会调查出真相，所以我把照片送到了旅馆，因为我想让您知道'人类'指的是谁。"

"是你送去的？"

"如果是我干的，我为什么要把照片交给叔叔看？不是我。"

"到底怎么回事，最开始的一个人，究竟是谁？"

"不知道，我只知道所有人都在说谎。"

结束对朴善宇的问讯之后，材韩总觉得事情有些不对劲。从开始调查就有这样的感觉。从孩子们用作阵地、名为"柳树屋"的烤肉店开始就有点儿蹊跷。农民说，孩子们从很早以前就经常出入那里，每天在那里喝酒抽烟。建筑物里的确有酒瓶和烟头，但是和其他垃圾比起来显得过于整洁，仿佛有人故意放进去的。

材韩又去了那个地方。建筑物周围只有农田，几乎没有人经过。远处有一辆摆摊的货车，材韩跑过去问道：

"您一直在这里做生意吗？"

"来来回回的……经常来，有三年半了。"

"那您应该知道那个店吧？前年还是烤肉店。"

"啊啊，想起来了。"

"那个柳树屋关门之后，被高中生们当作了阵地，您看到过有孩子在这里进进出出吗？"

"这个嘛……我没见过有孩子来，您应该是记错了，那个餐厅不叫柳树屋，而叫樱花谷。"

从货车司机这里获取了新的信息，材韩恍然大悟。原来一切真相都被隐瞒了。

材韩决定重新调查。他首先调查了农田主夫妇。他们的儿子在仁州水泥厂工作，这里面肯定有问题。材韩立刻去找他们。

"你们为什么说谎？"

材韩质问道。面对材韩的气势，丈夫惊慌地避开他的视线。

"谁、谁说谎了？"

"柳树屋，根本就不存在。为什么要说假名字？因为儿子吗？"

农夫犹豫着说不出话来。

"儿子在仁州水泥厂工作，所以有人威胁你们，要求你们照他们的意思去说吗？还是收了别人的钱？因为大人的自私，无辜的孩子被扣上罪名，这就是你们说的美好故乡吗？"

信 号［下］

—

农夫自始至终不敢正视材韩的目光，不知所措。他的妻子替他说道：

"自私的人只是我们吗？你们不也是一样，警察都很清楚。从首尔来的警察甚至还教我们应该怎么说呢。"

通过农夫妻子的话，材韩摸出了头绪。回到仁州警察署，他把正济叫到办公楼后面的停车场。材韩用力把正济推到墙边，说道：

"喂，你知不知道，这个案子的犯人、证人，包括警察，都是一伙的？"

正济也和农夫一样不敢正视材韩的目光，他回答说：

"你在说什么呀？"

"你发现的犯罪现场，不是柳树屋，你是知道的吧？我所了解的刑警机动队金正济不可能连这点都看不出来。"

"李材韩，喂，材韩。"

"是金范周吗？他给你钱了？喂，为了那几分钱你就连警察的自尊……不对吧？你没那么廉价！"

正济背靠墙壁，突然苦笑着说道：

"我很廉价。"

"你疯了吗？你真的拿了钱，兔崽子，嗯？"

"做警察十几年，我们得到什么了？老婆独自养育两个孩子，我什么都做不了，只能让她独自受苦。有一天，她哭了。为小舅子做担保，丢掉了房子。身为警察，连仅有的全租房也被人收走，只能流落街头。"

正济这番意外的话让材韩无言以对，只是默默地望着正济。

"是的，我很廉价。我收了你深恶痛绝的金范周的钱，对这个案子弄虚作假，那又怎么样？只要我一个人装糊涂，我们全家就都会幸福。反正我不收，也会有别人收下这份钱，我收下又有什么不对？"

"你今天死定了，你真的打算这样下去吗？"

尽管正济努力安慰自己，把一切合理化，告诉自己没关系，只要家人安心就好。然而听了材韩的话，他还是感到郁闷和愤怒。他都知道，不该这样做，可是情况紧急，这是无奈的选择。怎么会落到这个地步，他也很郁闷，郁闷得快要发疯了。对自己行为的愧疚和不得不这样活着的遗憾，还有作为警察掉落到谷底的自尊，正济大声喊叫起来。但是最后，他平静下来，恳求材韩：

"材韩啊，就一次……就一次也不行吗？反正即使我们站出来，案子也解决不了的。反正也是不行，咱们就睁一只眼闭一只眼，不行吗？"

材韩留下正济，凶狠地转过身去。对于正济的窘迫，他并不是不理解，但这显然是错误的。对于自己无法分担同事的苦恼，他感到自责。回到办公室，金范周从前面走过来。材韩气呼呼地朝金范周走去。

"看来您很有钱啊，到处撒钱。"

金范周笑呵呵的，没有回答。

"来这里也是因为闻到了钱的味道吗？仁州水泥厂，是吧？听说仁州的发展都依赖那个公司。那个公司和这次的案子，有关系吧？"

金范周笑容满面地告诉材韩，自己本来也在找他，因为他想见的人在调查室。材韩不明所以，走进调查室旁边的观察室一看，面容憔悴的姜慧胜和安治守面对面坐在那里。

"慧胜啊，除了你，其他孩子都录完口供了。说出当时经历的事情就可以，

信 号 ［下］

—

知道吧？主导这个案子的还是朴善宇吗？其他孩子都说是朴善宇，对吗？"

"这……"

材韩看不下去，咣当推开门，对姜慧胜说道：

"慧胜啊，这个问题关系到一个人的人生！你要想好了再回答，明白吗？"

安治守大吃一惊，推着材韩让他出去。材韩在被推出去的过程中一直对慧胜说，真凶另有其人，不要说谎，你究竟怕什么，把真相说出来。安治守和材韩推推搡搡的时候，姜慧胜用细弱的嗓音回答：

"对。"

互相推搡的材韩和安治守惊讶地看着姜慧胜。

"是的……是他。"

泪水从姜慧胜的眼睛里滑落下来。

"朴善宇，是他干的。"

材韩茫然自失。他听到姜慧胜的啜泣声。

"善宇干的，是朴善宇干的。"

结束调查，姜慧胜出去了，只剩下虚脱的材韩呆呆地留在调查室里。金范周在观察室里目睹了一切，这时走了进来。

"这个案子的加害者都是未成年人，而且是初犯，所以大多数孩子都是轻判，比如参加社会服务，等等。不过，主犯朴善宇还是要为自己的罪行付出代价。辛苦了，收拾一下，回去吧。"

金范周的表情似乎在告诉材韩，任凭你怎样挣扎，这个世界都不会按照你的想法运转。材韩看着金范周，恨不得立刻爆发。他强忍住沸腾的怒火，咬牙切齿地说道：

"正济、这个案子、慧胜，都是钱吗？"

"我不明白你说的是什么，不过钱的确是必需的。那个女孩子已经破烂不堪，大幅报道比比皆是，而且都是实名。怎么开始新的人生？不还是需要你讨厌至极的钱吗？"

想到自己终于还是败给了这个腐败的世界，材韩紧紧地闭上了眼睛。

"最开始的一个人，究竟是谁？他到底是谁，可以把无辜的孩子逼入绝境？他到底是谁，把整个仁州闹得鸡飞狗跳？"

"你还不知道吗？最开始的一个人，不就是朴善宇吗？"

金范周露出卑鄙的笑容，从材韩身边走了过去。面对无可奈何的事实，材韩无力地坐在车里，拿出关机的对讲机，摸索起来。往没有钱没有背景的孩子头上扣罪名，自己似乎也助了一臂之力。他为自己感到惭愧和悲惨，也对警察这个职业产生了怀疑。

"喂，零点五。"

"好久不见，前辈。"

再次见到正济是在一个普通而安静的小城，他已经成为小城市里常见的超市老板。看到正在整理饮料箱子、头发花白的正济，秀贤欣喜不已。两个人好久不见，热情地寒暄了一会儿，然后去了附近的咖啡厅。正济说他在电视上看到秀贤已经做了长期未破案专项组的组长。他笑着说，多亏自己寿命长，才能看到零点五当组长。看到正济依然这么调皮，秀贤笑了。

信 号 ［下］

—

"不过你来这里是为了什么事？"

"悬案专项组还能有什么事，当然是因为悬案。"

"悬案？什么案子？"

秀贤小心翼翼地说道：

"1999年仁州女高中生案，记得吧？"

"这个嘛，事情过去太久了。"

正济故意装糊涂。怎么会不记得呢，他就是因为这个案子而辞职的。但是，他什么都不想说。努力想要遗忘的愧疚和自责涌上心头。

"前辈办完那个案子回来就辞职了吧？欢送会都没举行，突然就走了，当时我还觉得挺舍不得呢。"

"是吗？啊，你看我这记性，差点儿忘了我还有事，我得先走了。"

"安治守系长死了。"

本来急着离开的正济停了下来。

"被人杀害的，因为仁州案。他想说出仁州案的真相，却被杀害了。那时究竟发生了什么事？"

正济摇头，坚定地说什么事都没有。

"什么事都没有，像调查资料里说的那样，行了吗？"

"不仅如此，安治守系长临死前说，是他亲手杀死了李材韩前辈。"

"这……这怎么可能？"

"所以你说出来吧，究竟发生了什么事。"

"我说过，我不知道，不知道。"

正济似乎有些混乱，总是想要离开。

"前辈是李材韩前辈最好的朋友，不管什么，哪怕只有一件也好……告诉我，什么都行。"

正济露出痛苦的表情，停下脚步。他头也不回，只留下一句话就走了。

"材韩不肯放弃那个案子。对不起，我能说的只有这些了。"

正济的态度让秀贤产生了遭人背叛的感觉。对于他的无奈，秀贤既感到惋惜，又有种强烈的丧失感。她虚脱了似的，泪流满面。

从正济那里什么都没打听到，正在回去的路上，秀贤接到了海英的电话。他的语气很焦急。

"仁州，系长被杀害的地方，金成范也在。我刚进停车场，看到金成范接受完调查出来了。他开车走了，我看到了挂在后视镜上的装饰物。那是用羽毛做的东西，我想起那天去仁州的路上，对面车道上的车也挂着那个装饰。"

"这是真的吗？金成范真的去过安治守系长被杀现场？"

"系长是被准确刺中要害而死，犯人很可能是金成范这种对杀人很熟练的人。如果是金成范杀死了系长，那么肯定不是他一个人的行为，极有可能是被人收买。金成范没有任何背景，依靠自己的力量混到今天的地位。这样的人不会轻易相信别人，一般来说他会留有防范措施，以备不时之需。比如凶器或者被收买的通话记录等证据。不会留在家里或者办公室里。他是把违法犯罪当成家常便饭的人，最先被搜查的地方他肯定会避开。"

结束通话，海英和秀贤在刚过延熙收费站的某栋居民楼前见了面。这是

信 号 ［下］
一

金成范的母亲在2000年买下的房产。秀贤看了看四周，走向住宅门口。她用别针熟练地撬开了门锁。

"警察可以这样吗？"

"当然不可以。像我这种老资格警察才能这样做，你明天拿到搜查令再来。"

这时秀贤已经开门进去了。海英跟着进去，对秀贤解释说：

"最可能的地方是保险柜，不会藏得过于隐秘。"

在手电筒灯光的照射下，室内冷清得令人诧异。

"没有最近有人进来的痕迹。"

"以前也有可能会在这里藏东西。我找这边，你去那边看看。"

两个人分散开来，寻找线索。从窗帘后面到洗碗池都找过了，可是连只蚂蚁都没有看到。

"这边没有，你那边呢？"

"金成范的房产就这一处吗？"

"到楼下看看。"

半地下空间结满了蜘蛛网，堆满杂物，就是没有发现什么特别的东西。出来之后，秀贤断言：

"不是这里，我们最好再去夜总会或金成范家里看看。"

两个人一无所获，再次来到院子里。秀贤走在前面，跟在后面的海英看到了石阶。突然，他想起安治守临死前说的话：

"听到对讲内容……我又去看了……明明就在那里，石阶下面……"

海英弯下身，摸了摸脚下的泥土。

海英神情复杂地望着石阶下面。秀贤问他看什么。

"怎么了？"

"如果这栋住宅里面什么都没有，为什么十几年都保留着不卖掉？"

"这是什么意思？"

"能查出安治守系长最近的行踪吗？只要查一查他有没有经过延熙收费站就行了。"

秀贤联系桂哲。桂哲瞒着广域侦查队刑警找到了调查记录，藏在桌子下面给秀贤打电话。

"哎呀，你怎么总是让我做这种事？"

"怎么样？查到了吗？"

为了不让别人听到通话内容，桂哲尽可能压低声音。海英在秀贤背后坐立不安地说，只要查出有没有经过延熙收费站就可以了。和桂哲通话结束之后，秀贤问海英：

"两天前从延熙收费站经过，看来系长来过这里。你是怎么知道的？"

海英对某件事情已经有了确定的答案。他没有回答，而是从房子后面的仓库里找到铁锹，开始挖掘石阶下面的泥土。

"你在找什么？干什么呢！"

"帮我照亮！"

海英发疯似的挖土。咣，铁锹碰到了什么东西。他扔掉铁锹，用手疯狂地挖。这时，泥土里露出了看似人手的骨头。秀贤大吃一惊，她把手电筒放

信 号 [下]

—

在地上，也用手挖了起来。一直担心的尸骸真的出现了。秀贤的手碰到了肩骨，那里插着钢针。秀贤简直不敢相信，轻轻地抚摩尸骨周围，很快就找到了很久以前的警察证挂牌。扑通，秀贤再也坚持不住，瘫倒在地。在泥土里埋藏多年的警察证上写着材韩的名字，还有他的照片。秀贤的手和脸都在颤抖，眼睛里已经盈满了泪水。她抚摩着黏着泥土的褪色的警察证，仿佛那是死而复生的材韩。看到秀贤这个样子，海英的眼角也红了。

材韩的尸体被送到国家科学研究所特殊验尸室。白骨散落在冰冷的不锈钢床上，一块块拼接起来。正是那具肩部插着钢针的尸体，正是那秀贤苦苦寻找，每次都希望找不到的尸体。材韩的骨头一块块恢复原位，海英和秀贤并肩站在特殊验尸室门外。秀贤极力忍耐。海英想对她说些什么，却一句话也说不出来。

等待那么久的人，以后再也见不到了。承认这个事实对于秀贤来说过于残酷。尽管她练习了15年，然而练习毕竟只是练习。其实，她一直盼望某一天，材韩推开警察署的门进来，呼唤她的名字，对她说抱歉抱歉，回来晚了。如今，这个心愿已经变成不可能实现的梦。秀贤不想承认这个事实。她回忆起1999年的冬天，前往仁州的材韩应该回来的那天。

"早上好！"

秀贤兴冲冲地跑进去，可是材韩不在办公室里。不仅材韩，正济也不在，办公室里的气氛也有些乱糟糟的。她察言观色了一会儿，问去仁川的组员是不是今天回来。

"正济，辞职了。"

"辞职？为什么？"

"我也不知道，他丢下辞职信，收拾好东西就走了。李材韩也无故旷工，气氛真的很诡异。"

究竟发生了什么事，一个辞职，一个旷工？秀贤更担心的不是辞职的正济，而是不打招呼就缺勤的材韩。她担心得要命。实在放心不下，她借口出去办事，偷偷去了材韩的家。秀贤隐约记得同事们说过，材韩的父亲经营一家钟表店，他家就在钟表店后面。秀贤还是第一次到这里来。下了公交车，走了一段路，远远地看到挂有"全进社"招牌的钟表店。就是这里了。

"打扰了。"

钟表店里没有动静。秀贤小心翼翼地走进去，慢慢地环顾四周。狭窄的空间仿佛旧物集中营，以前用过的铁质储物箱、贴纸书桌和斗柜，角落里摆放着木质的工作台，上面有一盏明亮的台灯。旁边的相框里是材韩得奖的照片，还有一看就是多年以前的钟表。每个商户都有的大日历上，2月26日被画上了大大的红色圆圈。挂在墙上的照片中，材韩还是她不认识的时候拍的。秀贤忍不住笑了。

"修表吗？"

材韩的父亲回来了。

"我来看李材韩前辈。"

"他是我儿子，您有什么事？"

秀贤自动行了90度的大礼，同时大声叫道："您好，伯父！"材韩的父亲觉得秀贤很可爱，带她去了材韩的房间。从钟表店后门出去，院子对面的房间。

"来客人了。"

信 号〔下〕

看到跟在父亲身后进来的秀贤，材韩大吃一惊。

"你来干什么？"

"怎么跟女孩子说话呢？"

父亲训完儿子，转头看着秀贤，亲切地说自己要去店里，让他们多聊会儿。父亲兴奋的表情让材韩很尴尬，轻轻地叹了口气，闷闷不乐地说道：

"你来这里干什么？"

秀贤不想回答材韩的问题。她看见了放在书桌上的辞职信，问道：

"那是什么？"

"你别管，先说你来干什么。"

"金正济前辈也是刚回来就辞职了，前辈也是这样，为什么？发生什么事了吗？"

"不用你管，别人辞不辞职跟你有什么关系？"

材韩气呼呼的回答令秀贤颇感委屈，但她强忍着说道：

"别人辞不辞职，我不想干涉，但是这不应该呀。哪有儿子赶在父亲生日当天递交辞职信的？"

"什么？"

"日历上画了圆圈，今天不是伯父的生日吗？前辈的生日在4月。"

材韩太忙碌了，自己房间的日历还停留在1月。他连忙把日历翻到2月，视线固定在画了圆圈的数字26上。打着忙碌的借口，他把父亲的生日忘到了九霄云外。刹那间，歉意从心底油然而生。

"前辈给伯父煮了海带汤没有？你看看，我就知道会是这样，还从没有给伯父煮过海带汤吧？"

材韩颇感难为情，不置可否。秀贤提议赶快去市场买菜，现在开始煮海带汤也不晚啊。材韩什么礼物都没准备，只能稀里糊涂地点头，开始穿外套。

"好吧，我去买菜回来煮海带汤。你回去吧，回去工作。"

秀贤在穿鞋，没有回答。好久没见了，他就这样不停地催着自己快走。秀贤了解材韩的性格，默默地跟着他出去了。

"你为什么总是跟着我？我自己会买。"

在拥挤的市场门口，材韩回过头来，大声说道。他总觉得有人看着自己，和秀贤单独在一起很难为情，说出来的话也就很不好听。

"你打算怎么买？不会直接买一份海带汤吧？"

"是的，我要买一份最贵的海带汤，怎么了？！"

"哇，真没良心，养育你这么多年，就用几分钱报答这么深的恩情？生日宴要的不是味道，而是心意。我可以帮你，跟我来就行了。"

这回是秀贤走在前面了。材韩流露出无可奈何的表情，走在后面，和秀贤保持几步远的距离。他们走过市场的角角落落，扑鼻而来的是腥味和香气。

"你会做饭？"

"当然，这么小看我。"

终于到了海鲜干货店。秀贤信心满满地拿起海带，做出很懂的样子说，看起来不错，很新鲜。要不是店老板出来说这是昆布，他们就拿着这个回去煮海带汤了。

买好东西，两个人凭借难分优劣的笨拙手艺一起做饭，在客厅里为材韩父亲准备了生日宴。看到伯父心满意足的神情，秀贤感觉非常开心。

"哎哟，我竟然吃上了生日大餐。"

材韩父亲非常喜欢秀贤，不停地说到哪里去找这么漂亮又能干的媳妇。材韩严肃地告诉父亲，不要胡说八道。他们和材韩父亲一起享用了这顿调味不均的生日大餐。秀贤借着酒劲儿，喋喋不休地说材韩在刑警机动队里怎样工作，是个什么样的人，多么了不起。父亲心满意足，材韩难为情的同时却也很愉快，不时地哈哈大笑。那个冬夜，平静而幸福。

那天夜里，秀贤喝醉了，坐在出租车里大声唱歌，仿佛是对材韩发出的呐喊。她已经无法控制自己的身体，被材韩背着送回了家。路上，她跟材韩说出憋了一整天都没敢说出来的话。

"前辈。"

"醒了吗？喂，醒了就下来自己走。"

"不要放弃做警察。前辈你对我说过，警察这个职业还是值得一做的。你不让我放弃，现在却自己放弃，这是犯规。"

"臭丫头，我现在没有资格当警察了。"

"如果前辈没有资格，这个世界上就没有人能当警察了。在我看来，李材韩是最好的警察，千万不要放弃。"

材韩无言以对。

"您来了。"

材韩的父亲接到电话，赶到了国家科学研究所特殊验尸室。

"找到……了吗？"

他的声音在颤抖。秀贤低着头，不知道怎样回答才好。海英也不知所措，只是默默地站在一旁。正在这时，吴允书带着DNA检测结果进来了。

"怎么样？"

海英紧张地问道。吴允书露出难堪的表情。

"骸骨的DNA，一致，正是失踪的李材韩先生。"

尽管已经预感到了，然而听到这个心惊肉跳的消息，材韩父亲的身体还是不由得摇晃了几下。

"材韩……我儿子在哪里？"

秀贤搀扶着材韩父亲，走进特殊验尸室。望着放在床上的尸骸，老人家不由得老泪纵横。

"我……儿子……终于，回来了。"

秀贤强忍着眼泪。材韩父亲拉着秀贤的手说：

"谢谢，谢谢你帮我找到我儿子。现在好了，我总算能在死前做些吃的祭奠这小子了，谢谢。"

15年来不确定儿子是死是活，心急如焚的他，面对变成白骨归来的儿子，只是默默地流泪。

材韩为了他人而付出自己的生命，然而他的葬礼上却没有花圈，也没有吊唁客。只有父亲和秀贤守在殡仪馆里。面对材韩的遗像，海英想起了那个曾和自己通话的材韩。

"犯人抓到了吗？犯人抓到了吗？我问你犯人抓到没有。犯人抓到了吗？你回答我，我去杀死他！你应该只是见过照片，几张照片加上受害者姓名、职业、发现场所、时间，这就是你知道的全部，而我不同。"

"你那里也是这样吗？只要有钱有势就可以胡作非为，养尊处优？毕竟过去20年了，总会有些变化吧？是不是？"

信 号 ［下］

—

　　"警卫！警卫！我不知道这个通话是哪里出了差错，但是只要犯了罪，不管钱多钱少，有没有后台，都应该付出代价。这难道不是我们警察该做的事情吗？"

　　"我这个人，连父亲去占卜店算命都讨厌。以后过得是好是坏，知道了又有什么用？反正我的人生要我自己去过。等你遇到我的时候，如果我做糊涂事，一定要给我一拳，让我清醒。"

　　时而咆哮，时而愤怒，为了他人的生命更有价值而努力，面对自己的人生却极度淡然，他是这个国家为数不多的真警察。秀贤悲伤地望着材韩的遗像，海英对她说道：

　　"没关系，虽然没有花圈，也没有吊唁客，虽然背负着腐败警察的罪名失踪15年，最终变成白骨，但是有人在这么长的时间里等他，没有忘记他，这对李材韩刑警来说是莫大的安慰。"

　　秀贤红着眼睛，忍住哭泣说道：

　　"我后来才发现，我们俩连张像样的合影都没有。如果知道那是最后一次，总会留下点儿什么啊。这是我最后悔的事情了。2000年，金允贞绑架案快要结束的时候，重案组的警察们突然来翻前辈的办公桌。拦都拦不住。他们打开最下面紧锁的抽屉，里面掉出一大捆钱。前辈失踪后，我去了钟表店。伯父得知消息，放声大哭。儿子做出这种事，似乎更让伯父悲痛。我说前辈不是这样的人，我一定会查清楚。承诺之后，我去前辈的房间里翻找证据，可是什么线索都没找到。后来，我又去了前辈最后去过的13号国道旁边，见到人就拿出照片问，所有的人都摇头。我想前辈应该是死了，要不然他也不会抛弃家人和同事。每当有尸骸运来，我就跑过去看。偶尔我还是会想，要是他开门进来多好，好像什么事情都没发生，喊着我的名字进来，如果是这样多好……"

说好那个周末就能解决，说好事情结束后再谈，却在15年后变成尸体归来。秀贤终于忍不住，哭了起来。她在遗像前放了一朵菊花，向故人行礼，同时心里对材韩说：

"你让我等到周末，我却用了15年。是你先违背诺言的，我骂你，你也无话可说。"

泪水终于不受约束，顺着脸颊不停地流淌。

葬礼结束，秀贤和海英陪着材韩的父亲回家。他们把遗像放在长期失去主人的房间里。整齐挂在墙上的旧制服，很久以前的书桌，仿佛只要主人回来，马上就会迎接。在这个整洁的空间里，秀贤和海英再次向故人默哀。面对着儿子的遗像，想到儿子永远不会回来，材韩的父亲悲痛地哭了起来。秀贤和海英安慰着他。

走出材韩家，秀贤又回到办公室。办公桌上放着蝙蝠侠相框。材韩刚刚失踪的时候，他的物品被搬回了家。秀贤从那么多东西中间找到了这个相框。她想着或许能找到些线索，于是打开蝙蝠侠相框，却从里面发现了材韩和秀贤合拍的警察厅宣传照。秀贤之所以能够等待材韩15年，就是因为她以这种方式明白了材韩的心意。她把相框放回自己的办公桌上，等待材韩活着回来，盼着和他重新拍一张像样的照片。现在，那点细微的希望也破灭了。秀贤把蝙蝠侠相框抱在怀里，呜咽不止。

葬礼结束后，海英和秀贤送材韩父亲回家。这是他第一次来材韩的家，他心情复杂地打量材韩的房间，摸了摸材韩穿过的制服，在他住过的房间里

一

细细查看每样东西。最后，他从名片堆里发现了自己也熟悉的餐厅的名片。李材韩刑警怎么会有这里的名片呢？海英把名片塞进了口袋。

那是海英小时候常去的肉皮店。海英带着满腹的疑惑，去找那家饭店的老板娘。

"你来了？自从当上了警察大人，就见不到人影了。久违了呀！要吃蛋包饭吗？"

看到海英，老板娘满面笑容地上前迎接。海英也笑着打招呼，然后把材韩的照片递给老板娘。老板娘立刻就想起来了。

"你又不是他的孩子，我觉得很奇怪，他让我一定要对你保密。也不知道从什么时候开始就没有消息了，再也没来过，我差点儿忘了这回事。"

原来，那时候的海英不是独自一人。材韩的关怀令他流泪。

"我一直以为只有我自己，这是最让我痛苦的。"

海英的学生时代过得并不太平。对于今后应该怎样生活，他没有希望，也没有梦想，所以学校也好，学习也好，对他来说并不重要。

他搬离了原来的住处。奇怪的是，大家也不知道从哪儿听来的消息，谁都知道海英哥哥的事情。不良少年经常借口哥哥的事情找他的茬儿。每当这时，海英绝不忍让，谁冲上来，他就猛打到底。不管多少人，他都怀着"死猪不怕开水烫"的心理去拼。大打出手之后，他经常去肉皮店。几年过去了，每次老板娘都会给他做一份蛋包饭，偶尔也会念叨让他早点儿来。餐厅里喝酒的人觉得吃蛋包饭的海英奇怪，然而海英戴着耳机，隔开了世界，毫不介意别人的视线。

从偶遇的同学那里听说真相，得知哥哥是被冤枉致死之后，海英凄惨地明白了，世界属于富有者。当他找到诬陷哥哥的那个人，不料那人对他说，他哥哥之所以被冤枉，就是因为没有钱，没有背景，没有力量。从仁州回来的路上，海英这样想，既然这一切都是因为没有钱，没有背景，没有力量，那就让自己拥有钱，拥有背景，拥有力量。如果不愿像哥哥那样被人欺负，不，如果想要为哥哥洗脱冤屈，自己就应该去试一试。

第二天早晨，海英去了班长的家。

"你怎么会在这里？你想干什么？"

"想上大学的话，应该怎样做？"

从来都与学习无关的问题少年，突然问出这样的话，班长面露喜色。

"你想考哪所大学？"

"不是谁都能上的那种，要好的大学。"

"你吗？高考就不说了，你的内审成绩怎么办？虽然高一成绩只占15%，但是对你来说也是遥不可及的。就算今后两年你像疯子似的苦学，恐怕……"

"我会变成疯子的。"

"那么，不去随便谁都能考得上的大学，你想去哪里？"

"不是随便谁都能考上，学费便宜就行。"

"长得漂亮，性格好，身体苗条，只对你好，要是富家女儿就更好了，对吗？这样的话就只有国立大学了。首尔大学，凭你的内审成绩，打死也去不了；陆军士官学校、空军士官学校和海军士官学校都需要看学生记录簿，你

信 号 [下]

一

的不行……那么警察大学怎么样？学费全免，还解决食宿。"

听到"警察"这两个字，海英立刻板起了脸。

"警察大学？我疯了吗？绝对不会去的。"

"喂，真搞笑，不是你不去，而是考不上。你以为警察大学是社区网吧吗，想去就去？你要是考上警察大学，我就头上插着鲜花到明洞去跳舞。"

好不容易想出来的主意，却遭到海英的强力反驳，班长也生气了，无情地顶了回去。尽管海英在班长面前大呼小叫说不想考警察大学，其实他在心里想，这也许是个不错的选择。如果自己成为警察，说不定就能够洗脱哥哥的罪名。接下来的两年时间里，他真的像疯子一样拼命学习。偶尔寻求班长的帮助，一心只想学习。他咬紧牙关。没有钱、没有背景、没有力量的人，像哥哥一样善良，却被有钱有势有力量的人欺负，甚至丢掉了自己的生命，他真的希望这样的人越来越少。

第一次听海英说要考警察大学，肉皮店老板娘训斥他说，不要异想天开。不过训完之后，老板娘还是会给他做蛋包饭，为他加油。考上警察大学，成为犯罪心理分析师的时候，最让海英心痛的就是哥哥已经不在人世的事实。如果哥哥知道了，他会比任何人都开心。第一次穿上警服那天，海英痛苦地对天上的哥哥发誓，一定要让哥哥扬眉吐气。

朴善宇被指认为最初的加害者，接到判决去少年院那天，材韩去了仁州。路经国道服务区的便利店，材韩看到了"仁州集体性侵案今日开庭"的报道，他对自己的无能为力感到无比的心痛，仿佛自己也成了这个腐朽龌龊世界的帮凶。他气愤地赶到仁州法院的时候，护送车辆周围挤满了记者和看热闹的人。不一会儿，朴善宇和其他加害学生在法警的护送下走了出来。他看见了身穿囚服，戴着手铐，身体被捆绑的朴善宇。人们纷纷责难："喂，你们这些疯子！""把这些疯子通通杀死！"相机快门声此起彼伏，现场混乱不堪。姜慧胜的父亲醉醺醺地喊着：

"我女儿的人生都毁了！什么？少年院？6个月？哪有这么混账的！觉得我这个样子好欺负是不是？"

教导官们劝阻他，可是他强烈反抗，高声呼喊，要求对他女儿的人生负责。朴善宇在混乱中停下脚步。他难以相信眼前的一切，失魂落魄地注视着姜慧胜的父亲。这时，他的视线遇上了人群中的海英。他们悲伤地注视着彼此，海英稚气的声音埋没在噪声里，他哽咽着说：

"不是，不是我哥哥，我哥哥没有做错事。"

朴善宇一行上了护送车，海英挤过人群，走到前面呼唤哥哥，试图看哥哥最后一眼。车开走了，看热闹的人们也散了，只有海英坐在地上放声大哭。"不是我哥哥……不是我哥哥，不是我哥哥。"他一遍又一遍地重复着同样的话。

不远处，材韩望着海英。他想起前不久海英在对讲机另一端说过的话：

"那时候，1999年仁州究竟发生了什么事情，请告诉我事件的真相。这对我来说真的非常重要。"

材韩情不自禁地嘀咕道：

"朴善宇……朴海英……难道……"

材韩请管辖署警察帮忙查看朴善宇的居民登录簿，上面写着他和妈妈两个

信 号〔下〕

一

人单独生活。前不久他们还是四口之家，继父、妈妈，善宇和同母异父的弟弟。

材韩径直去了朴善宇家。山坡尽头，简陋的小房子，围墙上、门上写满了"去死吧""滚出仁州"之类的话。开门进去，迎面看见正在收拾碎玻璃片的海英妈妈。材韩走进门，趁着海英妈妈去倒水的时间打量四周。家里挂着很多朴善宇的奖状，"优胜奖""表彰"等，仿佛在默默地证明他是个乖孩子。材韩歉疚地问道：

"听说您离婚了？"

"住在一起干什么，还要看到彼此更糟糕的样子吗？大儿子是我和前夫的孩子，理所当然应该和我一起生活，可是不能让小儿子因为他而被人指指点点啊。跟着自己的父亲生活，这对他来说也是好事。"

简洁的客厅里几乎没什么家具，墙上贴着一张朴善宇和海英的合影。看到照片里笑容灿烂的兄弟俩，材韩心如刀割。

"家里穷，我没能把孩子照顾好。打着忙碌的幌子，这事那事的，经常见不到孩子，甚至没能给孩子准备便当。不过他们俩的感情太好了，心里都只有对方。对我来说，他们同样都是我的孩子，但是……"

安慰过流泪的海英妈妈，材韩决定去找小海英。

海英搬到了振阳市，直到深夜还在等着上班的爸爸回来。房子位于山顶，楼梯处刚刚响起脚步声，他就问："是爸爸吗？"如果是别人，他就失望地蜷缩起身子。他蹲在地上，头埋在膝盖里，肚子里发出咕噜噜的声音。材韩又是心疼，又是惋惜。应该买些简单的充饥食物给他，这样想着，材韩朝海英走去。孩子好像下定了决心，突然站起来，朝楼梯下面跑去。楼梯尽头，海英大步走进一条胡同。天晚了，大部分的餐厅都关了门，只有肉皮店还亮着灯。孩子站在门口往里看了看，不假思索地走了进去。材韩也跟着走进肉皮店，坐在另外一桌。看到孩子自己进来坐下，老板娘走了过来。海英说：

"我要一份蛋包饭。"

"什么？"

"我有钱，请给我一份蛋包饭。"

"你开玩笑吗？你家在哪儿？回家找妈妈去，都几点了，还到处乱跑？"

面对海英唐突的举动，老板娘不知所措，训了孩子几句。材韩立刻叫过来老板娘：

"您好！"

"请问您想点什么？"

老板娘走过来，材韩悄悄地从钱包里拿出钱，递给老板娘，拜托她说：

"给那孩子做份蛋包饭，这个就算是成本费吧。"

"您是孩子爸爸？"

"不是，要是我的儿子，我能让他这样吗？"

见老板娘没动，材韩又给了她一些钱，说道：

"孩子可能是肚子饿了。拜托了，这是辛苦费，嗯？给做一份吧。"

按照材韩的吩咐，老板娘把一份蛋包饭放在海英面前。小海英肚子太饿了，一个劲儿地往嘴里塞，连口气都不喘。这样狼吞虎咽地吃到一半的时候，他突然停下了筷子。他想起和爸爸、妈妈、哥哥一起吃蛋包饭的情景。哥哥说，如果他做练习得了满分，那就满足他一个心愿。这个心愿没有实现。想到这里，海英哽咽了，然后继续吃了起来。材韩心痛地望着映在窗户上的身影。他又叫来老板娘，拿出钱包里的钱。

"以后只要这孩子来，您就做饭给他吃。"

这时海英离开了，材韩也急忙起身，带上餐厅的名片说道：

"我会和您保持联系的，拜托了。"

海英从久违的肉皮店出来，陷入了对往事的回忆。对讲机响了。23点23分。

参加过材韩的葬礼之后，海英没有勇气接对讲机了。李材韩刑警，还不知道自己的命运，一心只为弱者而战。海英对他的人生充满感激和怜惜，眼里含着热泪。该说什么呢？今天刚刚参加完你的葬礼。迟疑片刻，海英按了发话键，艰难地对1999年的材韩说道：

"刑警，仁州案……"

"我会追查到底的。我忘了一件重要的事情，真正不该放弃、不该置之不理的人是我。你说过，正是因为有人放弃，才出现了这些悬案。这个案子，我绝对不会让它成为悬案的。"

在黑暗胡同里，在车里，两个处在不同时间的男人孤独地通过对讲机说话，感觉到有一种炽热的东西从心底涌上来。海英对材韩的感激，材韩对海英的歉疚，在不可抗力造成的痛苦之前，两个人揣摩着彼此的心思。

"我希望您幸福。"

海英仿佛是在强忍着眼泪，材韩感觉到自己的眼睛红了。

"和相爱的人在一起，或许比破案更重要。"

材韩拿起对讲机准备回答，汹涌的感情却让他说不出话来。他迅速调整情绪，按下发话键，衷心地说出自己想说的话：

"我也希望你能幸福。哪怕贫穷，也要和家人共同生活在一个屋檐下，一起吃，一起睡，不会感到孤独，像别人那样平凡地生活。"

海英抑制不住自己的泪水。听着材韩对自己的担忧，海英感激不已，同时想起小时候默默关注自己的材韩的背影，恳切地说：

"李刑警，仁州案不要管了。这个案子会让您遇到危险。"

"没关系，身为大韩民国重案组的警察，还会怕这些吗？"

"最先发话的人不是我，而是您。"

材韩感觉有些奇怪，反问海英：

"是我首先开始发话？"

"是的，当时您对我说，通话重新开始，您让我说服1999年的您，然后我听到了枪声，那时您陷入危险，应该就是因为仁州案，所以仁州案就请您……"

听了海英的话，材韩的心情变得复杂，立刻按发话键，打断了海英的话：

"好了，我就听到这里，我不会放弃。不管发生什么事情，我都会坚持到底。"

"刑警……"

对讲机断了信号。也许有危险，也许还会遭遇不测。即便如此，他也不想再让没有力量、没有背景的人无辜地背上罪名。

李 材 韩 失 踪 案

仁
州
市

2 0 0 0 年 8 月 3 日

23点23分，刑警死亡的时刻。

比起对死亡的恐惧，最痛苦的应该是一切都成为谜团吧?

他是怀着这种急切的心情给我发话吗?

在金成范家的院子里发现材韩尸骸之后，包括广域侦查队在内的警察们纷纷出动，准备逮捕金成范。但是，金成范不在夜总会，不在办公室，也不在家里。明明是刚才还在，眨眼间便消失得无影无踪。

"上次你说的吧，说你信不过警察组织，现在你还这样认为吗？"

海英的回答始终不变。

"是的，发现李材韩刑警的尸体，接到报案之后，别看警察们立刻出动，最终还是没能抓到金成范。只有几分钟的时间，就让金成范跑掉了。直到现在，金成范依然逍遥法外。能在这么短的时间内得到消息，应该是警察系统走漏了风声，内部肯定有人帮他传话。"

海英说得对，秀贤没有反驳，只是静静地听他说。

"我们要把这个事实报告给广域侦查队，安治守系长杀死了李材韩刑警，金成范也是共犯。这是一条重要线索，可以帮助我们查清是谁杀了系长。"

"绝对不能让广域侦查队知道，安治守系长去世了，现在广域侦查队的实际负责人是金范周局长。'一切都是从仁州开始……'系长这样说过吧？以前指挥仁州案的人就是金范周局长。"

"跟金范周局长有关系吗？"

"金范周局长，脑子转得很快，政治能力也出色，从底层巡警做到警察厅调查局长，因为过于破格的人事变动而引发众多非议。听小道消息说，他和政界、财界人士都保持着密切的联系。"

"继续挖掘金范周局长，应该会有所收获。如果他是仁州案的负责人，那么当时说不定发生了什么事情……"

"不要贸然行动，这些毕竟只是猜测。如果你猜得对，那就是说有两名

信 号 [下]

—

警察因为这个案子而死，也就意味着背后隐藏着巨大的秘密。我们必须比任何案子都要更小心才行。"

秀贤最迫切地想要得到真相，但是，如果草率行动，很可能让所有的事情变成一团糟。秀贤的态度很坚定。

第二天，秀贤整理仁州案相关文件，分发给专项组成员。桂哲和献基互相对视，该来的终于来了。看到他们的目光，秀贤承认这个行动的鲁莽。

"我知道，的确是有些疯狂。系长出事之后，每个人都红了眼，现在又要调查仁州案，对，很疯狂。"

嘴上这么说，秀贤还是努力说服组员们。这时，献基猛地站起身来，用白板挡在自己和广域侦查队中间，小心翼翼地说道：

"就算是发疯，也要静静地疯啊。系长出事之后，我也了解过仁州案，听说当时被逮捕的凶手是朴分析师的亲哥哥，所以他才这么讨厌警察，对吧？"

"都一样，自己的家人被当成犯人，都会说'好冤枉，不是我的亲人干的'。不过小小年纪自杀的确可怜。"

没想到桂哲也知道这个案子，秀贤感到吃惊。

"前辈也调查过仁州案？"

"胡说什么，我有那么闲吗？啊，我不管。"

刚开始桂哲还矢口否认，最后也做出无可奈何的表情，把自己的调查结果和盘托出。

"是的，我调查过，简单看了一下，证人的证词全部一致，这就够了。"

"是的，证人的证词，除此之外，别无其他。反过来也可以说，如果所有证人都说谎，那么真凶另有他人。"

秀贤反驳道。

"然后呢？就算你查清楚了，也早已过了公诉期限。这次的公诉时效修正案不包含性侵案。"

桂哲劝阻秀贤，说这是不可能的。秀贤的想法却不一样。

"这个案子破了，就能知道是谁杀了系长。系长去世的时候，正准备说出仁州案的真相。"

"有上天入地的广域侦查队呢，为什么要我们来查？"

"广域搜查队把朴海英当成最大的嫌疑人，但是我觉得朴海英不可能杀害系长。"

"其实我也不认为朴海英会杀害系长，不，系长是什么人，重案组刑警怎么可能死在心理分析师之手？"

桂哲嘴上这么说，表示肯定了秀贤的想法，然而心里并不情愿。秀贤没有理会他的意思，对献基和桂哲下达命令道：

"好，郑献基去找仁州署检测班的人，了解当初是怎么检测证物的。前辈调查一下当时受害者的情况。"

昨天晚上，海英说当务之急是找到受害者。以前他自己也努力找过，无奈地址是假的，受害者本人名下也没有信用卡和手机。秀贤劝他说，桂哲前辈是找人高手，让他出手应该能做到。果然不出所料，桂哲很快就了解到了姜慧胜的情况。

"别的不一定，医疗保险可是跑不掉的。她一直在看神经科。"

信 号 ［下］

一

"真厉害，连搜查令都没有就查出来了。"

"我是金桂哲。"

广域侦查队的警察们在海英家门前监视着他，海英几乎处于被监禁的状态。他翻墙到隔壁和秀贤见面。他住在阁楼，翻到隔壁的楼顶并不难。秀贤急忙让紧张兮兮躲避监视的海英上车，飞快地驶向桂哲打听到的神经科医院。

"应该是创伤后应激障碍，因为失眠和抑郁而需要服药。"

"神经科医院在附近的新城，不过只能查到这里了。我往医院打过电话，她留的地址是假的，也没有预约，不知道下次来看病是什么时候。"

"应该就在医院附近，见到太多人，尤其太多男人的时候她会感到恐惧，所以会尽可能回避公共交通，也不愿意暴露自己，我们应该到那种一居室住宅区域，或者供上班族晚上睡觉的小区去找。"

秀贤和海英把车停在姜慧胜去过的医院附近，看着地图，巡查单人间较多的小区。他们拿着姜慧胜多年前的照片到处打听，然而没有人知道。海英把通过心理分析得出的结论告诉秀贤。

"她每年去一次神经科买抗抑郁的药。用一个月的量支撑一年，说明她的创伤后应激障碍在一定程度上得到了控制，意味着她忘记过去，开始了新的生活。很可能已经有了工作。长时间坐在同一个位置，专注一件事，对她来说有些困难，经常和男人见面的职业也不大可能。应该是专业性的工作，而且需要一定的技术。尽量以女性顾客为主，不需要持续保持人际关系的职业。"

海英焦急地环顾四周，在医院周围转来转去。看到化妆品店招牌的时候，他停了下来。正在这时，一名30来岁的妇女开门出来，海英对她说：

"姜慧胜女士。"

女人转头看他，好像丈二和尚摸不着头脑。

"什么？找谁？"

"您不是姜慧胜女士吗？"

"不是。"

海英扑了个空，只好继续走访以女性为顾客群体的化妆品店、美容院等社区店铺，寻找姜慧胜。他连走在街头的人也不放过。一定就在这附近。希望能有收获。

这时，一个陌生号码打来。海英没有理会，继续边走边看招牌。几个走出商街的男人经过，一个女人悄悄地往旁边避让，然后朝着美容室走去。就是这个女人。海英迅速走上前去。

"姜慧胜女士。"

女人大吃一惊，不安地转头看着海英，一句话也没说。海英凭直觉判断，一定是这个人。

"我是首尔厅的朴海英警卫，因为1999年仁州案而来。"

女人瑟瑟发抖，艰难地开口说道：

"我没什么好说的。"

真的是姜慧胜。海英小心翼翼地说道：

"我知道您的难处，只要一会儿就够，不会占用您太多时间。"

"你走吧，我无话可说。"

姜慧胜甩开海英，转过身去。海英说出了哥哥的名字。

信 号［下］

—

"还记得朴善宇吧？朴善宇，当时被指认为真凶的朴善宇，他是我的亲哥哥，至少对我，你应该有话要说的，不是吗？"

出于对朴善宇的愧疚，姜慧胜有些动摇了。海英趁机联系上了分头去找姜慧胜的秀贤，让她到咖啡厅来。秀贤就在附近，箭一般跑进咖啡厅。

秀贤先开口说道：

"我知道你不喜欢这种场合，那我就简短地问你，仁州案的真凶是朴善宇吗？"

姜慧胜沉默不语。秀贤催促道：

"姜慧胜女士。"

"善宇是唯一真心对我的人。"

姜慧胜终于开口了。她心平气和地说出了自己和朴善宇之间的事。

"那时候我讨厌世界。妈妈离家出走之后，酗酒成瘾的爸爸变得更加粗暴。我上学干什么呢，当时我就这么想。我不喜欢和别人说话，不相信任何人。经常不回家，也不去上学，就到公园里坐着。偶尔还去买啤酒。身为引导员的善宇竟然发现了，就来找我。刚开始我觉得他很烦，讨厌他的自以为是。不管我怎么骂他，他都不在意，反而对我更友好。他说这样下去会出事的，劝我回家。他说他这样做是因为担心我。我觉得他理解不了我的话，于是就让他看了爸爸喝醉之后的所作所为——我身上的伤痕。他打我，扔东西，我是他泄愤的对象，发泄他对世界的愤怒。

"我让善宇看了我的伤疤，然后问他：你还劝我回到那个有爸爸的家吗？看到伤疤之后，善宇想了一会儿，对我说，既然你不想回家，那就应该具备独立的能力。他说会帮助我。从那之后，他开始辅导我学习。全世界只有善宇真心对我好，是他挽救了我。

"有人把这件事上传到留言板，在学校里闹得沸沸扬扬的时候，同学们理所当然认为是我。'听说是姜慧胜，肯定是她''她本来就很奇怪，明摆着的'，其实他们并不了解我，却明目张胆地对我指指点点。要不然就是把我当成透明人。到处都是伤痛，可是我无处诉说，没有人可以依靠，也得不到安慰。我想就这样死掉算了，死吧，一切就都结束了。我跑到楼顶，想要跳下去，正在这时，啪，有人抓住了我，是善宇。我哭着让他放开我，可是善宇说，这不是我的错，我没有理由去死。那时候我差点儿就死了，是善宇救了我……

"可是我背叛了他。我躺在医院里的时候，爸爸狠狠地威胁我，好像马上要置我于死地的架势。他说我要是随便乱说，就让我死在他手里。一名警察让我上车，在车上对我说，只要说是朴善宇干的，一切就都结束了。他说'你的人生由你决定'，让我做出聪明的选择。那时候我太小了，而且很害怕。因为警察说只要我这样说，一切就都结束了，而我满脑子想的都是快点儿结束这一切，离开仁州，离开那个地狱一样的地方。

"对不起，真的对不起。"

姜慧胜无声地掉着眼泪，连连向海英道歉。秀贤抛出最重要的问题：

"那么给朴善宇扣罪名的真凶是谁？"

姜慧胜想起那个再也不愿提及的名字，脸色僵硬。

"张泰镇。"

听到这个名字，海英的眼睛露出锐利的光芒。

信 号［下］

一

　　"仁州水泥厂社长张成澈的儿子，张泰镇吗？"

　　"对，就是这个人。那天我和善宇约好一起学习，但是善宇没来。东振说善宇可能来不了，正好家里有前辈要来，让我离开。我答应了，收拾好东西出来的时候，张泰镇问：'朴善宇教的人是你吗？'边说边上上下下地打量我，还嘲笑我是不是想考首尔大学。我不高兴，但是也不想反驳，只想出去，可是他骂善宇，说他在外面、在学校都是装模作样。我突然很气愤，就反驳了他，说你有什么了不起的，得全校第一名也是因为请了家教。善宇是自学得了全校第三名，真正聪明的人不是依靠后台爸爸的你，而是善宇。那个人的眼神立刻变了，然后恶狠狠地把我拖进房间……"

　　姜慧胜没有继续说下去，海英因为愤怒而全身发抖，好不容易才开口说道：

　　"仁州水泥厂社长的儿子，张泰镇，是这个人吗？"

　　"对，张泰镇，是他。"

　　"一句话，只要一句话就够了，为什么要让我无辜的哥哥……"

　　"朴海英，别说了。"

　　"我哥哥多惨呀！真正犯罪的家伙到现在仍然过得风生水起，好像什么事也没发生过，我哥哥明明没有犯罪……却年纪轻轻就死了！"

　　姜慧胜大惊失色。

　　"善宇……善宇死了？"

　　"是的，自杀，15年前。"

　　"自杀，怎么可能……不可能的。很长时间之后我平静下来，还去找过善宇。善宇身穿囚服，看上去很陌生。我们久久都没有说话。我心里很愧疚，只是低着头，不敢看他的脸。善宇先开口了。他说自己当时说的都是真心话，不是你的错，是别人把你变成这个样子的，都忘掉，重新开始吧。他还说他自己也没事，会重新开始的。他反而安慰我，说绝对不能放弃自己的人生。我最后一次见到的善宇绝对不像是会自杀的人。因为善宇这么说，我才坚持下来了。都忘掉，都忘掉……我就是这样想着活到了现在。"

"姜慧胜女士是这样活下来了，可是我哥哥没有啊。从少年院一出来，他就自己割腕了。"

"怎么可能呢，不可能。"

"现在还不晚，请还我哥哥清白。您的证言必不可少。"

姜慧胜受了刺激，心里有些混乱。沉默良久之后，她终于说道：

"不，我不能，我有丈夫，有女儿，好不容易才有了亲人，不能再失去了。"

"这不是你的错，你是受害者。"

"当时你知道我最痛苦的是什么吗？明明不是我的错，可是人们却对我指指点点，说女孩子家这么不自重，不拿身体当回事儿，15年过去了，现在还是一样，我不想再遭遇这种事了。"

"那我哥哥呢？"

海英喊道。秀贤劝阻，可是他听不进去。姜慧胜说了句对不起，就逃也似的离开了咖啡厅。秀贤让海英恢复理智。

"朴海英，性侵公诉时效已经结束了。就算有人提供证词，我们也无能为力。"

信 号 ［下］

一

　　"你知道张泰镇是什么人吗？父亲是仁州水泥厂的社长，大伯是国会议员张英哲，现在他在仁州也是王一样的存在。我哥哥小小年纪就死了，蒙受不白之冤，悲惨死去，真正的犯人却逍遥法外，好像什么事也没发生过，到底为什么会这样？这些年我……这些年我……"

　　海英眼里含满了泪水。秀贤安慰他说，这也是没办法的事。海英说：

　　"还有机会，现在也许不能，但是如果回到过去，一定有办法的。到时候只要抓到真凶，我哥哥和李材韩刑警都可以活过来。"

　　"你这是什么话？"

　　听说可以让材韩活过来，秀贤大惊失色，使劲抓住海英，不停地追问。海英没有回答，只是默默地走出咖啡厅。秀贤跟在他身后。

　　海英回到家里，静静地等待通话。他有话要跟材韩说。海英焦急等待的时候，从前的材韩正磨刀霍霍地跟踪金范周。自从仁州案之后，金范周就被任命为首尔厅刑事科科长。他兴奋地上班，情报科职员前来汇报，说正在对他进行审查。

　　"有人直接向情报科汇报，说你收受贿赂。内容非常具体，已经报告到了系长那里，我恐怕也难以阻止了。"

　　"情报的提供者是谁？"

　　"刑警机动队的李材韩刑警。"

　　听到李材韩的名字，金范周不由得眉头紧皱。他气冲冲地奔向刑警机动队。开车途中，他控制不住自己的愤怒。嘎，看到出现在眼前的材韩，金范周像要撞过去似的，粗暴地停下了车。

"喂，你干什么？"

材韩惊叫起来。金范周用力关上车门，朝材韩走去。看出是金范周，材韩知道该来的终于来了。他走上前去，绕开金范周，仔细打量他的车。

"哎呀，车不错啊？仁州案处理得很好，升为首尔厅刑事科科长，前途无量啊。这么前途无量的人怎么会来这里？"

材韩冷嘲热讽，金范周低声对他说道：

"一年的时间里，你背着我做'工程'，应该很忙吧？"

"看来您在监察官室也安插了耳目啊？没少贪污吧，所以我向监察官室透露了一些情报，这回就连你上头的人也束手无策了！"

金范周面目狰狞。

"喂，李材韩，你！"

"我不仅调查了科长，还有仁州水泥厂社长的儿子，张英哲议员的侄子张泰镇，知道吧？这次仁州案的第一名加害者。"

为了让更多无钱无势的人不再蒙受冤屈，他一定不会坐视不管。他坚定地大声说道。他的眼神也在说着同样的话。

"那个案子的犯人是朴善宇，你不记得了吗？"

"对，所有人都提供了这样的证词。按照科长的吩咐，那个地方的所有人都坚决沉默，只有一个人可以说出真相，那就是你金范周。我会让你亲口说出以前所做的龌龊事，当然包括仁州案！"

"好，那就看看你我谁先死。"

材韩就是这样不肯放弃，继续调查仁州案。

那天下午，愤怒的金范周来找材韩之后，秀贤就缠着材韩去抓性侵犯"延右洞哈巴狗"。材韩被迫开始了潜伏任务。这是同事们在照顾因为仁州案而变得"不太对劲儿"的材韩。这种时候"现场捣乱"是最好的办法。

在车上，秀贤疼惜地望着疲惫不堪、沉沉睡去的材韩，悄悄地抚摩着他的脸颊。正在这时，对讲机响了。秀贤拿出自己的对讲机，不是。她小心翼翼地转过头，朝着声音发出的方向看去。声音来自材韩放在后面的外套的口袋，贴有黄色微笑贴纸的对讲机。

"李材韩刑警！"

有人急切地呼唤材韩的名字。

"刑警！是我，李材韩刑警！"

秀贤轻轻拿起对讲机。李材韩？我真的听到这个名字了吗？秀贤犹豫的瞬间，材韩猛然惊醒，正巧看到一个男人在翻墙。他敏捷地冲出车外。秀贤也急匆匆地跟了上去。两个人跟随可疑男人离开的时候，车上的对讲机里继续传来海英的哽咽声。

"刑警，您在听吗……刑警……"

通话中断很久后，绕过了不同胡同的材韩和秀贤才碰面。又落空了。

"喂！我睡着了，你就放松了吗？"

"对不起，我好像听到对讲机的声音，就去找了。"

"对讲机？"

"前辈的符咒，那里真的有声音，而且还亮着光。"

"那个老古董怎么会发出声音，别放松，好好找那个哈巴狗，沿着这条路。"

说完，材韩又朝另一条胡同跑去。

"刑警！是我，李材韩刑警！"

海英的声音。秀贤到阁楼前去找海英，听到这个声音，不由得僵住了。正是这个声音。15年前在车上，材韩口袋里的对讲机传出来的声音，急切寻找材韩的声音。

秀贤的脑海里一片混乱，呆呆站在门外。这该怎么理解呢？

"刑警，您在听吗……刑警……"

海英急切不安的声音回荡在黑暗的阁楼里。秀贤躲到不易被发现的角落。这时，门豁然打开，海英拿着外套走出来，门也没锁，就急匆匆地下楼了。脚步声越来越远，秀贤小心翼翼地走进海英的房间。她环顾四周，桌子上凌乱地堆放着仁州案的相关资料，旧对讲机放在中间。秀贤拿起对讲机看了看，下面贴着陈旧的黄色微笑贴纸。材韩的符咒，就是那个对讲机。

"这个，这个为什么……"

秀贤惊愕不已。她想起前不久，安治守突然说出的话。安治守问她记不记得李材韩刑警像符咒一样带在身上的对讲机，还提到了秀贤贴在上面的黄色微笑贴纸。安治守死的时候，秀贤问有没有什么遗物，但是没有。现在，她可以确定了。

"肯定是前辈的对讲机……"

潜伏期间听到对讲机信号音的时候，声音只响片刻，很快就断了，秀贤

信号［下］

—

觉得奇怪，正好看到材韩桌子上的对讲机，她就拿起来观察。这时，材韩走进来，一把夺过对讲机，敏感地问为什么要碰他的东西。

"真的出故障了吗？"

"真是的！看看吧，有光吗？"

"既然都坏了，前辈为什么天天带在身上，也不嫌重。"

"什么？"

"前辈说这是你的符咒，为什么是符咒呢？"

"你问这个干什么，今天你怎么了，这么烦？"

有一天，秀贤在调查强奸未遂案，偶然遇到了管辖警察署的刑警，和对方交谈的时候，得知对方和材韩都在灵山警察署工作过。秀贤对材韩有很多好奇的地方，于是故作熟悉的样子，问这问那。

"既然您在灵山署工作过，那么您和李材韩前辈一定很熟吧？"

"算是吧。"

"那您应该知道他的对讲机了？"

"对讲机？啊，材韩每天都带在身上的那个？"

"已经坏了的东西，为什么每天带在身上呢？"

"听说和材韩的初恋有关。"

"初……初恋？"

"听说他的初恋死了，所以他每天都随身带着对讲机。那么大的块头，却是个纯情派，纯情派啊。他现在还是不去电影院吧？听说那个女人留下的遗物就是电影票。"

秀贤听了很受打击。三年前的圣诞节，她说有免费电影票送给材韩做礼物的时候，材韩冷冰冰地说自己不看电影，然后转身离去。怪不得呢，原来也是这个缘故。秀贤觉得自己知道了并不想知道的秘密。

很长时间里，秀贤都魂不守舍。自从知道材韩不肯对自己敞开心扉并不是因为性格冷淡，而是因为初恋，她就无法振作起来。办公室里她也经常出错，面对电脑发呆的时间也越来越长。外卖送来的炸酱面，忘了撕开保鲜膜，就往里面倒调料；有时目光游离，泰然自若地走进了男卫生间；换桶装水时，她把水桶提起来砸到自己的脚。材韩走过来责怪她，问她最近怎么了，总是这样魂不守舍，万一在办案现场出错怎么办。秀贤没头没脑地问道：

"还是忘不掉吗？"

"什么？"

"前辈的初恋，去世的那位。"

"看你还能胡说八道，应该伤得不重。不过为防万一，还是冷敷一下吧。"

材韩板着脸，没有回答秀贤的问话，转身就出去了。秀贤的心猛地一沉。还没有忘记。突然间，一行泪水悄悄地滑落她的脸庞。

看着材韩的对讲机，秀贤感觉不知所措。与此同时，海英却开车去了仁州。到达之后，他去了一家位于市中心的网吧。看到正在玩网络游戏的30多岁的男人，海英径直走了过去。他是哥哥的朋友。得知哥哥被人冤枉之后，海英曾跟到台球厅，跟他打得头破血流。海英把他叫出来，看到他吊儿郎当的样子，直接给了他一拳。男人没有防备，当场滚倒在地。

信号［下］

一

"1999年的案子，张泰镇是主犯，你早就知道吧？明明知道我哥哥被冤枉了，可是你们谁都坐视不管，是不是？"

"那又怎么样？17年前的事了，你们一个个大呼小叫的，到底想怎么样？"

"一个个大呼小叫？还有谁来过吗？"

"一个大叔，上了年纪的警察。"

"警察？是叫安治守吗？"

"哈，看来警察的世界也很小啊。"

"他说什么了？"

男人突然不说话了。海英抓住他的衣领。

"我问你他说什么了！"

"他让我证明围巾在善宇手里。"

"什么？"

"前不久，他突然来找我，让我对红围巾做证，那是能够证明张泰镇是仁州案真凶的证据。当时慧胜戴的红围巾给了善宇。张泰镇发疯的时候，慧胜是戴着红围巾的。现在让我做证，我说反正公诉时效已经结束了，就不要再管了。那个警察说他并不是想要调查仁州案，他想澄清的并不是仁州案。"

"不是仁州案，他在调查其他案子？"

"就这些，问完这些就走了。"

"然后安治守系长去了哪里，你知道吗？"

"不知道。"

海英上了车，朝着仁州警察署驶去。放在副驾驶座位上的手机响个不停，但是他没有注意。那是他找姜慧胜时错过的号码。海英不知道有电话打来，径直赶到了仁州警察署。他要找调查支持组，索取调查资料。他的预感很准确。安治守系长来过这里，查看调查资料。

"这是几天前安治守刑警来查看过的资料，复印机在那边。"

封面上写着"朴善宇意外死亡案调查报告"。海英拦住准备离开的职员，问道：

"您确定安治守系长查看的不是仁州性侵案，而是这个案子的资料？"

"是的。"

接过安治守查看过的资料，不知所措的人不止海英自己。金范周也通过广域侦查队的警察听说了这件事。两个人握着同样的资料，都很紧张。

海英拿着朴善宇意外死亡案的调查资料，去找当时负责这个案子的警察。

"您负责这个案子是吧？ 2000年朴善宇自杀案。"

"你是谁，怎么突然问起这个案子？"

"我是当时死亡的朴善宇的弟弟，也许你觉得我突然来找你有些奇怪，但是这对我来说非常重要。"

望着焦急的海英，警察思考再三，同意给他点儿时间。两个人坐在村口小店里，海英问道：

"当初调查案子的时候，没有发现异常之处吗？哪怕稍微有一点点可疑。"

信 号［下］

—

"就像上面写的那样。既然你是死者弟弟，当时应该在一起，难道不记得吗？"

海英注视着附在调查资料后面的现场照片。那个不愿再回忆的日子，海英听说哥哥出狱的消息，瞒着爸爸偷偷去了仁州的家。他以为自己叫一声"哥哥"，哥哥就会喊着"海英"跑出来，然而哥哥没有回答。打开房门的时候，房间已经被哥哥的鲜血染红了。哥哥倒在地上，一动不动。119急救车把哥哥拉走了。海英也上了急救车，哭着去了医院。妈妈随后赶来，先看到了正在哭泣的海英。妈妈来不及问海英为什么会在这里，她看到了蒙着白布的善宇的尸体，正躺在满脸泪痕的海英旁边。妈妈瘫坐在地，泪如泉涌。失去了儿子，得不到任何安慰，她只是默默地独自哭泣。警察过来跟妈妈说，哥哥患有抑郁症，少年院的囚犯们可以做证。警察说哥哥确定是自杀，如果需要的话，可以进行尸检。妈妈说不想再让哥哥的身体挨刀。这时，爸爸恼羞成怒地冲进来，拖走海英，说以后再也别想见到哥哥和妈妈。妈妈没有阻止。

想来想去，也只有这些了。告辞案件负责警察后，海英又看了看调查资料，没有什么特别之处。安治守说他想要澄清的不是仁州案，那么他到底想澄清什么呢？哥哥去世那天，2000年2月18日，究竟发生了什么事呢？

朴善宇于2000年2月17日出狱。首尔的空气冷冰冰的。在寒冷中等待的妈妈看到朴善宇就走过去，递过豆腐，拉着他的手悄悄回家了。回到家一看，海英的痕迹消失得干干净净。挂在衣架上的衣服、贴在墙上的奖状、书架里的书，全部空了一半。妈妈始终回避善宇的目光，她准备好饭菜，准备出门工作。这时，朴善宇问道：

"海英呢？"

想念的弟弟，还有很多事需要他照顾的海英最让人放心不下。妈妈一脸忧伤地说：

"以后见不到海英了。"

原来是爸爸把海英带走了。他从来没有觉得海英不是自己的弟弟。妈妈再婚之后，他把爸爸和弟弟都当成自己的家人。其他人无所谓，他最想见到的就是海英。他静静地打开自己房间的书桌抽屉，里面整齐地摆放着文具用品，仿佛什么事也没有发生过。

朴善宇找到李东振。正常回家的李东振看到朴善宇，不由得吓了一跳。两人目光相对，李东振却假装没看到他，转身想要逃跑。朴善宇大声叫住了他。

"李东振！我不是来找你算账的。"

李东振的目光中充满愧疚，默默地注视着朴善宇。

"我在少年院里都听说了，谁是真正的犯人。你不用管，我自己会看着办，你只要告诉我那个东西在哪儿就行。"

"什……什么东西？"

"红围巾，在哪儿？"

看到朴善宇平静的样子，李东振露出难堪的表情。

"东振，拜托了。"

"好，我送到你家去。"

"你一定会说到做到吧？说话算数哦。"

信 号 ［下］

—

　　"嗯，我会的。"

　　听了李东振的承诺，朴善宇就回家了。不一会儿，门铃响了。门外不是李东振，是另一名同学。他说李东振要去留学，以后不再回来了，让他代替自己跟朴善宇说声对不起。没关系。拿到红围巾的朴善宇去了仁州警察署，问出已经回到首尔的材韩的电话号码，回到家里打电话。

　　"警察叔叔，是我。"

　　"善宇？朴善宇？"

　　"是的，我今天出狱了。"

　　"身体怎么样？健康没问题吧？本来我还想去仁州看看呢。"

　　"我也有事要对您说。"

　　"有事要说？什么事？"

　　"我找到了慧胜案子的证据。"

　　"你确定吗？是什么证据？"

　　"案发当时慧胜戴的红围巾，我信不过别人，我想亲手交给您。"

　　"好，我马上过去，你在家里等着我，哪儿都不要去。"

　　上班接到朴善宇的电话之后，材韩打算去钟表店和父亲说一声，然后去仁州，没想到父亲正和金范周面对面坐在钟表店里。

　　金范周好像完全不知道这里是材韩的家，只是前来修表的客人，偶然遇到了材韩，于是露出欣喜的神色。父亲问他和儿子是不是认识，说着就去冲咖啡。材韩阻止了父亲，把金范周叫到门外。

"干什么？忙碌的首尔厅刑事科科长来这里修表，看来是有话要说啊，说吧。"

"你是家里的独生子，要多照顾照顾家里啊。父亲的钟表店最近不太景气，弄不好这个店铺都保不住，那可是你父亲倾注毕生心血的店铺，你也要体谅老人家的心情。"

"看来你做过很多调查啊，这就是你的一贯作风吧。抓住人的弱点，深入挖掘。不过我看出你挺着急的，要不然不会来这里。怎么了？张英哲议员那么了不起，这回没对你进行审查吗？"

喜怒哀乐从不形之于色的金范周，这次脸上浮现出杀气。

"不要以为只有你一个人很高尚，什么正义，什么使命感，你以为我就没有吗？你拼命捍卫这些，也改变不了什么，世界还是照样运转。不要这样，机会来的时候就抓住。材韩啊，你还年轻，我这么说是为你和你父亲好。"

"最开始的那一次，是开始。一点点体会到钱的味道，就会变成你这个样子。用过之后抛弃的猎犬，年老多病被无情抛弃的消耗品，与其这样，我还是宁愿困难点儿，不，哪怕很艰难，很痛苦，我也还是喜欢这样活着。"

材韩望着咬牙切齿说话的金范周，丝毫不为所动，低声说完自己想说的话，转身离开了。低垂的胳膊用上了满满的力量，金范周的拳头在瑟瑟发抖。

金范周心生不安，连忙给国会议员张英哲打了电话。他给辅佐官打电话求情，然而对方说很难。整个下午，金范周都忐忑不安，最后去了张英哲用餐的饭店。对方不肯见他，他也没有别的办法。他不顾辅佐官们的劝阻硬闯进去，苦苦向张英哲求情。

信 号［下］

一

"不论从前还是以后，我都会为议员而活！求求您阻止这次审查吧，我也一定会压下振阳新城腐败案。议员的金盾牌，是我捍卫的！"

眼见怎么说也说不通，金范周终于说出了不该说的话。张英哲这才放下筷子，注视着金范周。金范周心怀期待。这时，张英哲又转过头去，把肉放到炙热的石板上，说道：

"肉还是日本产的最好吃。"

金范周满头雾水。张英哲又缓慢地说道：

"你知道这肉为什么好吃吗？从小牛犊开始，就对血统进行严格管理。饲料就和普通的牛不一样。为了不让它们有压力，还要播放音乐给它们听，定期按摩。对牛来说，这算是非常奢侈了。人们为什么要这样对待牛呢，理由是什么？"

张英哲放下夹子，接着说道：

"就是为了吃到美味的食物，猎狗也是这样。"

张英哲的目光突然变得凌厉。金范周也紧张起来。

"但是猎狗要是发了疯，那就没用了。怎么办呢？要么抛弃，要么打死，两者必居其一。至于我会做出怎样的选择，这取决于你啊。以后不要再发疯胡来了。"

说完，张英哲冷冷地看了金范周一眼，然后若无其事地继续用餐。金范周一句话也说不出来，惊慌失色地走出了饭店。

金范周为自己的审查问题魂飞魄散的时候，刑事机动队的警察们正忙着抓"延右洞哈巴狗"。那天，材韩接到朴善宇的电话，正要出发去仁州，却突然听到了"延右洞哈巴狗"出现的消息。警察们纷纷出动，材韩对秀贤不放心，她的脚被水桶砸肿了，于是急匆匆地跟着出了门。会不会出事呢？会不会受伤？材韩很担心，无法放心地独自出发。他最后一个上了警车。解决完这件事就去仁州。材韩心里想道。

　　警察到达"延右洞哈巴狗"所在的旅馆，秀贤走在最前面。这时，一个男人冲了出来。秀贤凭直觉判断他就是犯人，迅速跟随其后，去了楼顶。楼顶上没有人。秀贤慢慢地绕到楼后查看，还是没有人。她放心下来，正准备去往相反方向的时候，犯人却拿着折叠刀突然出现，威胁秀贤。肉搏战开始，最终秀贤力不从心，被犯人逼到了角落。犯人拿着刀冲上去，摆出立刻刺杀秀贤的架势。秀贤紧紧地闭上眼睛，以为一切都完了。过了一会儿，她没有感觉到疼痛。睁开眼睛一看，血在流淌，却不是自己的，而是从材韩腹部流出的血。材韩随后跟来，代替秀贤迎接了凶器。材韩捂着腹部，朝着惊慌失措的犯人重重地打了一拳，随即自己也跟跟跄跄，好像要瘫倒。秀贤急忙扶住材韩。"延右洞哈巴狗"被材韩打晕，又被随后赶来的警察逮捕。

　　材韩上了119急救车，秀贤不停地流泪。

　　"别哭了，我不会死的，傻丫头。"

　　"你怎么知道会不死！"

　　"你这样会成为今后30年的笑谈。等我出院——"

　　"我喜欢。"

　　"什么？"

　　"我很喜欢前辈，就算你喜欢别的女人也没关系。你一辈子忘不掉也没

信 号 ［下］

一

关系，只要别受伤，别死。"

稀里糊涂地表白之后，秀贤像个孩子似的放声大哭。

"为，为什么会这样……"

躺在床上的材韩有些慌张，不停地翻身。

做完简单的手术，材韩醒了，发现秀贤趴在自己胳膊上睡着了，还戴着刚才和犯人搏斗时弄破的手表。

"喂，零点五……"

材韩想要抽回胳膊。这时他想起秀贤在急救车里说过的话。对讲机响了。材韩小心翼翼地翻身下床，尽量不吵醒熟睡的秀贤。他走到安全楼梯，给海英发送信号。

秀贤给海英打了多次电话，都联系不上。她悄悄地把献基和桂哲叫到了会议室。

"当时发现了精液和唾液证物，但都被判定为无法检测。除此之外的证据就只有嫌疑人和目击者的证词了。"

"相关人物的陈述完全一致，但是，唯独漏掉了红围巾。"

"红围巾？"

秀贤反问道。桂哲详细地解释道：

"我有个关系很好的大哥，当时是仁州署侦查组的成员。我问了他，他说受害者在初期陈述的时候提到了红围巾，案发当时她是戴在身上的，离开的时候忘在了案发现场。"

"对证物所做的调查呢？"

"这件证物，当时没有做任何调查。"

"这是什么意思？"

"完全漏掉了，关于红围巾的陈述。"

"第一次陈述中出现的最重要的证物，没有做任何调查，就漏掉了？"

"朴海英说得很对。这个案子，有问题。"

"系长约朴海英见面的地方是仁州医院吧？"

献基和桂哲留在办公室继续查找资料，秀贤决定先去仁州医院看看。

海英已经在医院了。他和负责哥哥案子的警察谈过之后，径直来到和安治守约定的场所，想着说不定会得到某些线索。何况那里还是哥哥朴善宇咽下最后一口气的地方，也是安治守决定说出真相却遭遇非命的地方。仁州医院很可能藏着巨大的秘密。

海英把车停在医院门前，偷偷地观察动静。医院里已经进来了广域侦查队的警察。过了一会儿，广域侦查队的警察们乘坐的警车开走了，海英小心翼翼地走进医院大楼。从停好车到进入大厅，海英就开始逐一揣摩。首先要弄清楚安治守带着什么目的来到这里。他想起那天和安治守的通话。

"朴海英，我知道你为什么苦苦执着于仁州事件，你哥哥朴善宇以那种方式死去，我也觉得很遗憾。那个案子，比你想的更加危险。如果你了解到真相，你也会像你哥哥那样落入危险的处境。如果你了解真相之后能够承受，那就来吧，到仁州来。"

听到他的声音的同时，还有急救车的鸣笛声和救助队员的对讲声，也有

信 号 ［下］

—

电梯停下来的声音。急救室。接着是铁门关闭的声音,他说话的声音在颤抖。很可能是进入了安全楼梯。海英掉转方向,准备去急救室那边,突然吓了一跳,连忙藏起身来。警察还没有完全撤离。他们在谈论追加证词、录音和视频等问题,中间还说警察出动兵力寻找海英。为了不引起他们的注意,海英尽可能自然地朝另一条过道走去。

"电梯,移动病床,急救室。"

海英推测着安治守的移动路线,环顾四周,发现了电梯。这时,刚才路过的警察东张西望着走过来,似乎是在寻找海英。海英着急了,迅速找到电梯旁边的安全楼梯。

"对,安全楼梯。"

海英快速走进楼梯里面,那名警察好像没看到他,从电梯旁边走了过去。海英在安全楼梯里思考,安治守会从这里去哪儿。

"到这里之后,他去了哪里呢?"

海英瞥了一眼安全楼梯。层与层之间的楼层数字,墙壁向导板上写着"2F儿科、牙科、眼科""B1F MRI室、药局、院务科、采血室"。

"采血,当时采了哥哥的血。"

海英朝采血室所在的地下楼层走去。

"哥哥是割腕自杀的,身上都没有反抗的痕迹。不过难道,难道……"

海英直觉判断哥哥不是自杀,这里面藏着另外的秘密。前往采血室的路上,他一直在推测安治守去了哪里。

"15年前的血样肯定是没有了,但是检测血样的记录说不定还保留着。

15年前的记录，可以查找记录的地方。"

海英经过采血室，找到院务科，打开了门。

"您有什么事？"

"我从首尔厅来。"

海英拿出安治守的照片，问院务科职员：

"几天前这个人有没有来过？"

"刚才我已经跟警察说过了几天前这位来询问血样的事。"

"什么血样？"

"等一下，啊，这里有记录，是0035Z04.0血样。"

"血样的患者叫什么？"

"2000年送到急救室的男性患者，姓名朴善宇，年龄18岁。"

海英浑身颤抖，但是努力保持冷静。

"检测结果？"

"当时做了血液酒精检测和药物检测，从血液中检测出了神经安定剂的成分。"

"神经安定剂？"

"是的，检测出了6mg/L的安定剂成分。"

哥哥从来不服用神经安定剂，然而血液中却检测出了这种成分，那就意味着有人故意给哥哥服用了神经安定剂。海英继续询问道：

"这个量能够让人失去意识吗？"

"这个不好说，需要考虑到患者以前有没有服用过神经安定剂，或者当时是否患有疾病，不过要是普通人的话，很可能因此失去意识。"

海英崩溃了。显然，哥哥是遭人杀害的。海英浑身颤抖地走出院务科，呆呆地站在那里，呼唤哥哥。

"哥哥，哥哥……哥哥……"

任凭他怎样呼唤，哥哥还是不回答。

"朴海英，你在这里干什么？我说过你不要到处乱走吧？你真的不了解情况吗？你想轻举妄动引起更多的怀疑吗？"

说话的是秀贤。她来到仁州医院，不料在走廊发现了魂飞魄散的海英，惊讶地走上前去。

"自杀……不是自杀。"

"什么？"

"我哥哥，不是自杀。"

"你这话是什么意思？"

"15 年前，我哥哥的血液中检测出了神经安定剂的成分，有人给我哥哥服用了神经安定剂，然后伪装成自杀。系长想要澄清的真相不是仁州案，而是我哥哥被人杀害的事实。"

"到底是谁……为什么？"

"因为围巾。"

"围巾？"

"系长想要证明哥哥手里拿着姜慧胜的围巾。诬陷我哥哥的那个家伙说的，他说安治守系长前不久找到他，让他证明'善宇拿着姜慧胜的围巾'。有人想要拿到那条能够证明谁是真凶的围巾！"

秀贤想起和姜慧胜见面时听到的内容。她说最后一次见到善宇的时候，他怎么也不像是要自杀的人。海英气急败坏地咆哮，几乎失去了理智。

"哥哥没有放弃希望，警察、朋友、周围所有的大人都放弃了，只有哥哥没有放弃，始终努力洗脱自己的罪名。可我一直以为他是自杀。"

"朴海英……"

秀贤努力让海英恢复平静。

"我不能让哥哥再次死去，我必须阻止。"

海英急匆匆地要离开。秀贤抓住他的胳膊，小心翼翼地说道：

"你以前……说过的那个吗？"

秀贤静静地盯着海英的眼睛，尽可能平静地继续说道：

"现在也许不行，但是回到过去就可以挽救……是这个意思吗？"

海英露出极度慌张的表情。

"我有话要问你。"

秀贤从包里拿出对讲机，那是她从海英房间里带出来的。她把对讲机拿在惊讶的海英眼前。

"这个为什么会在你手里？我比谁都清楚，这是李材韩前辈的对讲机，可是为什么会在你手里？"

秀贤拿着对讲机。她的手表指针指向11点多。她继续追问海英：

"回答我，这个为什么在你手里？"

"以前我说过，如果有通话从过去发来，你会怎么办。当时你说你会叮

信 号 ［下］

—

嘱对方，让他保护好重要的人。我也是这样。哪怕一切都因此变得混乱不堪，我也要救活哥哥。"

海英的心情很迫切。是的，哪怕一切都会改变，哪怕伤害到其他人，也要救活哥哥，无辜死去的哥哥。秀贤理解不了海英的话。

"到底是什么意思？"

"金允贞绑架案时，你问我怎么发现的徐亨俊尸体，对吧？那是李材韩刑警告诉我的，他说徐亨俊的尸体在善一精神病医院建筑物后面的检修井里。"

秀贤的目光闪烁。

"2000年的李材韩刑警告诉我的，通过这个对讲机。"

"不可理喻。"

秀贤难以置信地摇了摇头。

"不仅这个，京畿南部案、大盗案、洪源洞案都是因为过去发生变化，从而现在也发生了变化。原来已经死去的人通过对讲机得以复活，也有本来毫不相关的人因此而死。还有其他的人被凄惨地毁灭。通过对讲机改变某件事，就要付出相应的代价，也可能导致一切都混乱不堪。所以，我没有告诉李材韩刑警他会死，没有说他将在8月3日去善一精神病医院的时候死亡。"

"这、这、这是什么意思？"

"2000年，李材韩刑警临死之前跟我通过话。他说这可能是最后一次通话，还说过去是可以改变的，千万不要放弃，同时我还听到了枪声。"

海英的话令秀贤惊愕不已。

"别胡说了，这怎么……"

这时，时针停在23点23分，秀贤手里的对讲机发出了信号声。频率在摇摆，灯光亮了。秀贤惊讶地注视着对讲机。

"这……这个怎么……"

对讲机里传出了材韩的声音。

"朴海英警卫。"

代替秀贤被刺而躺在医院的材韩听到对讲机响，立刻偷偷离开病房，去了安全楼梯。

"我找到仁州案的真凶了，不是朴善宇。我会调查清楚的，你不用担心。"

秀贤无比震惊。她难以置信地注视着握在手里的对讲机。明明就是他的声音，那么急切寻找的人，思念15年最后变成尸体归来的材韩。秀贤拿起对讲机想要和他说话。这时，海英迅速夺过来。

"刑警！是我，救救我哥哥。"

"什么？你说什么？"

"像您说的那样，我哥哥是被冤枉的，他在2000年2月18日死亡，是被人杀害的！"

材韩全身都僵住了。2000年2月18日，就是今天。

"我一直以为是自杀，原来不是，是有人杀死了哥哥，然后伪装成自杀。"

"2000年2月18日吗？你确定？"

"是的，就是那天。"

材韩拿着对讲机，疯狂地跑了出去。海英仍然冲着对讲机急切地说话：

"刑警，刑警！您在听我说话吗？李材韩刑警！"

信 号 ［下］

一

对讲机那头没有应答。不一会儿，对讲机恢复到出故障的老古董状态。听完两个人之间的对话，秀贤大声喊道：

"你在干什么！"

海英大概没听到秀贤的声音。他拍打着已经挂断的对讲机，拼命地叫道：

"李材韩刑警！刑警！"

"这算怎么回事？朴海英，你回答我，刚才那个人是谁？你回答我！刚才那个人是谁？"

"你不是都知道吗，那个人是谁。"

"不可思议，李材韩前辈，前辈已经死了。"

前不久，秀贤刚刚看过变成尸骸的材韩，现在又遇到了对讲机那头还活着的材韩。此时此刻，活着的过去的材韩正跑出医院，前往仁州，准备去营救朴善宇。

海英拿着对讲机站在仁州医院的过道里，秀贤在身旁听到材韩的声音，却还是无法相信。

"到底……从什么时候开始……为什么……"

她不知所措地站着。突然，过道尽头传来了喧闹声。急促的脚步声犹如雷声般汹涌而来。那是广域侦查队的警察们。海英急忙把对讲机塞进秀贤的包里。警察们瞬间冲了过来，包围了海英和秀贤，给海英戴上手铐。

"朴海英，你因涉嫌杀害安治守系长而被紧急逮捕。"

"你在说什么，怎么突然要逮捕？"

秀贤站出来阻拦。

"我们已经拿到了证据，还有目击者的证言。"

警察话音刚落，海英的嘴里吐出了一句话：

"不可能。"

"不要白费力气了，乖乖跟我们走吧。"

海英不知如何是好，大声说道：

"等一下，稍等。"

"车刑警，你也要配合调查，说清楚你为什么会来这里。"

姜刑警冷冰冰地对试图阻止的秀贤说完，就带走了海英。

"等一等，等一等！我有事要问朴海英。"

"你总是这样的话，很有可能被认为是共犯。"

海英停下脚步，急忙说道：

"好的，我跟你们走，在此之前，请让我看看我哥哥，朴善宇案的调查资料，我有急事需要确认。"

警察们好像没听见他的话，粗暴地带走了他。

过去的材韩不知道海英被逮捕，治疗还没结束就离开了医院。他要去仁州，尽快赶到仁州。他的车速越来越快。

朴善宇在等待材韩。3点多，朴善宇正因为材韩不接电话而焦急，正巧门铃响了，他跑过去开门。

"是警察叔叔吗？"

信 号 [下]

一

站在门外的是金范周。金范周递过写着"首尔地方警察厅刑事科科长金范周"的名片，谎称他是应材韩的委托而来。

"李材韩刑警为什么来不了？"

"他在调查案子的过程中受伤了，正在住院。"

"伤得严重吗？"

"不算严重，不过短时间内很难活动。你说有话要跟李刑警说？我听说你昨天刚刚出狱，有什么急事要告诉李刑警？"

刚才安治守告诉金范周，朴善宇去仁州警察署问到了材韩的联系方式。金范周心想，朴善宇寻找材韩的原因可能成为拯救自己的救命稻草。赶来朴善宇家的路上，金范周给张英哲打电话。仁州案的真凶是他的侄子。如果这个事实公之于众，那对张英哲来说没有任何好处。

"重要的听证会近在眼前，这时候可不能出现杂音啊，议员。如果您侄子坐牢，所有人都会争先恐后地去揪您的小辫子。这次审查，请您帮我挡住。我也会豁出性命保护您的侄子。"

通完电话，他就来找朴善宇了。

"你可以相信我，放心地把要说的话告诉我。如果李刑警没有告诉我，我怎么会来这里？"

"我知道谁是把慧胜变成这个样子的真凶。"

"是谁？"

"仁州水泥厂社长的儿子，张泰镇。"

"有证据吗？"

金范周大吃一惊，却极力装作泰然自若的样子。朴善宇拿出了红围巾。

"这是慧胜的围巾。"

"你能确定这是那个女孩子的东西吗？"

"这是慧胜妈妈亲手织的围巾。整个冬天慧胜都戴着，同学们都知道。"

"好，我马上就去问，看看能检测出什么。"

"谢谢。"

朴善宇点头致谢。

"不过，你的性格和外表真的不一样。外表看上去很安静很斯文，却会亲自寻找证物，亲自找警察，真的想马上洗脱罪名吗？"

"是的，我必须洗脱罪名。只有我洗脱罪名，我们全家才能重新聚集起来。只有这样，爸爸和弟弟才会回来。"

"好，那么不管发生什么事情，善宇都不会放弃，对吧？"

朴善宇果断地回答道：

"是的，绝不放弃。"

金范周露出善意的微笑，然后咕嘟咕嘟喝下面前的水。刚刚喝完，他又说自己口渴，让善宇再帮他倒杯水。朴善宇去倒水的时候，金范周迅速从口袋里拿出小药丸，放入装满水的朴善宇的杯子，静静地看着朴善宇喝了下去。

"姜刑警，拜托了，让我看看我哥哥，朴善宇意外死亡案的调查资料，我有急事要确认。"

"闭嘴，你还是确认一下杀人罪要判多久吧。"

信 号 ［下］

—

"姜刑警！姜刑警！"

海英瘫坐在拘留所冰冷的地上，心里想着哥哥。前面背着海英的书包，背上背着海英，走在山村小路上的哥哥；辅导海英学习的哥哥；一起吃饭一起聊天，说说笑笑，最值得信赖的哥哥。哥哥一定，一定要活过来。希望材韩接到电话后一定要帮忙。回到自己怎么按门铃也没人出来，哥哥流血倒地的那天，阻止这一切发生，不让哥哥死去。

海英低头想着哥哥。过了一会儿，他被叫到广域侦查队的问询室，依然戴着手铐。看了看脸色苍白的海英，逮捕他的姜刑警扔过来很多材料。海英看看文件的题目，上面写着"朴善宇意外死亡案"。他注意到下一页写着"死亡日期2000年2月18日"。一切都没有变。没有发生变化。哥哥就这样委屈地死了。

"这就是你心心念念想看的调查资料。现在给你看过了，你可以乖乖回答问题了。这是什么，你应该更清楚吧？"

装在透明证物袋里的是沾有血迹的刀。

"这是你残忍杀害系长之后留下的凶器，不要否认，这把刀上发现了系长的血迹，还有你的指纹。"

"不是我。"

"不，杀死系长的人是你，有目击者看到你了。"

发现证物的是仁州医院男卫生间的保洁员。卫生间门前的走廊里没有安装摄像头，所以没有找到视频。不过，多名目击者都提供了证词，全都指认了海英。

"不是我。"

"当时你为什么又去仁州医院？"

"你去问医院员工吧，我去院务科问安治守系长调查了什么。"

"不要说谎，你去医院的真正目的难道不是销毁证据吗？"

海英很郁闷。此时此刻，他正为没能改变过去而茫然自失，所以没有听进去姜刑警的提问。姜刑警继续向稀里糊涂的海英提出了一堆问题：

"做了警察之后，你一直在调查仁州案吧？你知道是系长负责那个案子，你因为哥哥被当成真凶而感到委屈和愤怒，但是这样你就可以杀人吗，还是自己的上司？"

"不，我没有。"

这时，金范周在首尔听到了广域侦查队警察们关于海英的报告，脸上露出心满意足的微笑。

"伪造的证据，收钱做伪证的证人，如果不肯放弃，你也会像你哥哥一样。"

世界和从前一样。至少在权力面前，现在和1999年相比没有丝毫进步。

材韩疯狂地加快车速，却还是没能及时赶到，没能阻止。朴善宇已经遭遇不测。材韩到达朴善宇家中的时候，他的家已经被黄色警戒线包围。材韩震惊不已，急忙赶往仁州医院。海英的妈妈抱着朴善宇的尸体，伤心地痛哭。小海英也在旁边哭喊着哥哥。看到这个场景，材韩感觉自己要疯了。腹部被刀刺过的伤口裂开了，鲜血流出，然而他感觉不到身体的疼痛。想到一切都是自己的错，材韩就痛苦万分。他又去了朴善宇的家，看到还保留着的湿漉

信 号［下］

—

漓的血迹。他的心好痛，却还是强打精神，小心翼翼地走进去，仔细查找，也没看到红围巾。

气愤之下，材韩回到首尔，去见金范周。打开刑事科科长办公室的门，办公桌上放着写有药店名称的塑料袋。金范周好像划破了手指，手上贴了创可贴。材韩伤口疼痛，脸色苍白地走向金范周。

"善宇这孩子是不可能自杀的。不是自杀。他清清楚楚地跟我说过，他找到了判定仁州案真凶的证物。我去了善宇家里，怎么也没找到善宇说的红围巾。有人杀害了善宇，伪装成自杀，然后拿走了证物。有人不允许这件证物存在。"

"我不知道你在说什么，不过请你出去吧，不要再说了。如果有事情要报告，也要按照正规流程报告。"

"我在仁州署听到奇怪的传闻。我去找了负责朴善宇意外死亡案的警察，他说他告诉过安治守刑警善宇找我的事。如果安治守刑警知道了，应该会立刻向您汇报，不是吗？"

金范周原本从容的脸色立刻变得狰狞起来。

"你脑子没问题吧？知不知道这是什么地方，就敢胡说八道？"

"科长，听说科长的审查结束了？证据确凿，又有证人，却以洗脱嫌疑而终结。看来那位高层人士又帮您挡住了。估计是打算重新收养这条宁愿杀人也要极尽忠诚的猎狗啊？"

"住口，我的忍耐是有限度的。"

"我也有限度！"

"李材韩！"

"我绝对不会放过你，一定要把你送进监狱。你怎么可以那样对待一个小孩子，一个小孩子啊！"

金范周按下门禁对讲，严厉地喝道：

"外面没有人吗？把这个兔崽子拖出去！"

"已经刑满释放的孩子，为什么那么急着为自己洗脱罪名，你知道吗？不是因为觉得委屈！父母、弟弟，心爱的家人因为自己而分散！只有洗脱罪名，才能让家人重新团聚！你知道码？这样的孩子，你为什么要这样对他？"

材韩怒冲冲地大吼，直到几名警察冲进来，把他拖了出去。

"我相信他！他相信只要洗脱自己的罪名，全家人就可以重新团聚，也相信有长辈愿意帮助他！你怎么可以这样对他！你还算个长辈吗？你是人吗？"

材韩陷入了深深的自责和愤怒，流下了眼泪。朴善宇说信不过别人，这句话在他的耳边回荡不已。海英求他救救哥哥，帮哥哥洗脱罪名的声音也从远处传来。在朴善宇尸体前哭泣的小海英和妈妈的身影，也浮现在他的眼前。材韩回到家，坐在房间里责怪自己。正在这时，对讲机在震动。材韩不知道该说什么才好。他的脸色因为愧疚而苍白到了极致，终于艰难地开口说道：

"警卫，对不起。"

材韩试图忍住，却还是流下了眼泪。他强忍哭泣，拿起了对讲机。

"我没能阻止，是我不好，我应该立刻赶过去的。如果我在通话之后立刻赶过去，说不定就能救活你哥哥。可是我那么蠢，把精力用在其他地方了……对不起。"

信 号 ［下］
一

他控制不住自己的眼泪，艰难地按下了发话键。

"警卫，你在听吗？"

"前辈？"

对讲机那头传来意外的声音。

"真的是……前辈吗？"

这是怎么回事？

"怎么会是……你，你，为什么……"

难以置信的不仅是材韩。

"前辈，真的是你吗？回答我，真的是你吗？"

听到材韩的声音，秀贤已经心潮澎湃了。15年的思念涌上心头。听到秀贤哽咽的声音，材韩怔怔地注视着对讲机，一句话也说不出来。秀贤控制不住自己的感情，啜泣起来。

"我等了15年，结果你以死亡的方式归来。我等了15年啊……前辈你却死了！"

材韩愣住了。

"你倒是说句话啊，你让我，让我等你，你说有话要对我说，你让我等你回来的！我就等了那么久……不管什么，你倒是说句话啊。"

听到秀贤含泪的哽咽，材韩喊着她的名字：

"车秀贤，我……"

材韩正要说什么，突然想起了海英。

"朴海英警卫呢？他出什么事了吗？"

处在过去和现在的两个人，隔着对讲机相遇了。秀贤期待的不是对讲机另一端存在于过去的材韩，而是现在活着的材韩。她要告诉他海英说过的话，关于材韩会死的话。

"前辈，8月3日善一精神病医院，善一精神病医院！你不能去那里，你在听我说话吗？如果你去那里……"

嘟，信号断了。秀贤呼唤材韩，拼命按着对讲机的发话键，可是对讲机关机了，没能再开机。过去的材韩因为突然和秀贤对话而魂不守舍。最后，他脸上带着泪痕，拿出手册，急匆匆地写道：

8月3日善一精神病医院。

通过不同时间与材韩重逢的秀贤，结束通话后开始回忆从前。材韩还在身边的时候，仁州案发材韩代替她被刺的时候，材韩从医院消失，秀贤非常担心，整个周末不停地给材韩打电话，可是一直打不通。秀贤没有想太多，只是想也许自己在急救车里稀里糊涂的表白让材韩感到尴尬。妹妹说谁会喜欢一个连护肤霜都不擦的女人，还说她长着"一张活该被甩的脸"，于是她擦起了从来不用的护肤霜。以为擦了护肤霜，材韩会喜欢，后来觉得材韩不是这样的人。除此之外，她没有想到其他。

休息结束，开始上班的时候，她看到自己桌子上放着一件意外的礼物。打开盒子一看，是手表，肯定是材韩送的。只有材韩知道，那天她与"延右洞哈巴狗"搏斗时手表破碎。她的心情莫名地愉悦起来。她想对材韩说声谢谢，

信 号 ［下］

—

于是探头往材韩的位置看去，却看到他的办公桌收拾得干干净净。

"怎么回事？材韩前辈去哪儿了？"

同事们露出难堪的表情，似乎觉得难以理解。

"跟你也没说吗？真让人倒胃口，听说是出差了，主动要求去日山警察署。"

秀贤拿着装有手表的盒子，不顾一切地跑了出去。经过走廊来到外面，远远地看到材韩提着大大的行李箱，走向汽车。

"前辈！"

材韩停下来，秀贤气呼呼地走上前去。

"这个手表，是前辈放在我桌子上的吧？谁要你送这个了？谁让你送了？"

"如果不需要，那就扔掉。"

真可恶，怎么能这样说话呢？思绪万千的秀贤把手表盒扔到材韩的车上。看着准备继续走路却又停下来的材韩，秀贤愤怒地转过身去。材韩放下行李，捡起手表盒，放在秀贤手中。

"不要看到犯人在眼前就鲁莽地往上扑，一定要避开持刀的家伙，以后再抓就行了。不要受伤，也不要生病。"

材韩怜爱地说完，转过身去。这回是秀贤拦住了他。

"前辈，上次我说的话，如果你是因为那个……"

材韩想要推开秀贤抓着自己胳膊的手，却又放弃了，反而紧紧地握住。

"警察，不能三心二意。"

秀贤无法忘记那天材韩的背影。思念了15年，那个身影不时浮现在脑海里。当时她心里带着怨恨，然而那时他毕竟还活着，哪怕暂时不能见面。秀贤拿着对讲机，陷入了沉思，像下定决心似的开始了行动。

　　秀贤去了海英的拘留所。海英独自坐在黑暗的拘留所里，低垂着头。哥哥的死，通话后依然没能改变的过去让他深受打击，心情无比失落。秀贤命令看守的义警开门。

　　"把门打开。"

　　"要有负责警察的允许才能……"

　　要想救活材韩，现在唯一能做的就是见到海英。面对秀贤咄咄逼人的态度，义警退缩了，不得不把门打开。

　　"时间不要太长。"

　　门开了，秀贤走进来。海英还是呆呆地坐着，一点儿反应也没有。

　　"我开门见山地问你：能活过来吗？"

　　海英没有反应，好像丢了魂。秀贤向他靠近，双手抓住他的肩膀。

　　"朴海英，你看着我，我到现在仍然无法相信。那个通话，还有你说的话，我都不相信，可是那声音的确是李材韩前辈的声音。上次你说过吧，死去的人得以复活，所以前辈也可能活过来吗？你回答我。"

　　"以前我不是说过吗，通过对讲让人复活，这是很危险的。"

　　"如果可以挽回，如果能让他活过来，哪怕只有百万分之一的可能，哪怕一切都变得混乱不堪，我也愿意。所以你回答我，到底怎样才能让前辈活过来？"

信号［下］

—

哥哥已死的事实令海英放弃了一切。

"我现在什么都不管了。我想要的是澄清真相，可是没有一件事能顺利进行。李材韩刑警死了，安治守系长也死了。我没能阻止哥哥的死，现在自己也被扣上了杀人犯的罪名，关在这个地方。那些通过对讲活过来的人、变化的案子，也不知道是否全部正确。如果再通过对讲改变过去，不知道会发生什么事情。"

秀贤的双眼噙满泪水。

"不，过去已经是可以改变的了，我告诉前辈了，让他8月3日这天不要去善一精神病医院。"

"不，他明明知道也还是会去。他认为那里有线索，所以他才去的。第一次通话的时候，李材韩刑警在善一精神病医院就清清楚楚地说了。他会反问：为什么不能来这里，这里发生什么事了？"

"如果不是场所的问题，那我们就应该弄清楚他是怎么死的，为什么会死。金成范，金成范的别墅里埋着前辈的尸体。金成范应该知道前辈是怎么死的，为什么会死。系长案也是一样。只要找到金成范，就能找到办法帮你洗脱罪名，救活前辈。"

一滴泪珠顺着秀贤的脸颊流下来。

"你和前辈，我都不会放弃的。"

广域侦查队的警察们搜过海英的办公桌和电脑，正想碰触秀贤办公桌的时候，桂哲站出来阻止他们：

"喂，还不放下？要想搜车秀贤刑警的东西，必须拿来搜查令。现在该收手了吧？该搜的都搜过了。"

听桂哲这么说，广域侦查队的文刑警停了下来。他朝秀贤走过去，问道：

"那次你为什么要去仁州医院？和朴海英一起去的吗？"

桂哲再次插嘴说道：

"文刑警，你不识字吗？读读这牌子上的字，长期未破案专项组，这里是专门负责悬案的团队，所以我们要重新调查仁州案。"

"仁州案不是悬案吧。"

"别看犯人抓到了，我们怀疑真凶另有其人，这难道不算悬案吗？没想到文刑警的思维这么狭窄。"

献基也站出来责怪文刑警，广域侦查队的警察们很不情愿地转身离开了。

秀贤、桂哲、献基三个人到外部咖啡厅集合，开会。

"我怎么都觉得气氛不太对啊。现在，朴海英被捕的情况和2000年仁州案时过于相似，不是吗？没有直接证据，全部都是目击者的陈述，所有人都异口同声。在必要的时间点，必要的目击者大量出现，像事先设好的局。"

献基也点了点头，同意桂哲的说法。

"杀人手法也和朴分析师不符。朴分析师不是那种善于用刀、能够一刀致命的人。"

"那么重要的凶器，还留在现场附近，这说得过去吗？说实在话，朴分析师不可能那么没脑子。"

苦苦思索的秀贤开口了：

信 号［下］

一

　　"有一个人值得怀疑，金成范。"

　　金成范曾经做证，说海英在暗中调查安治守。那天，海英亲眼看到他在仁州。秀贤把这个消息告诉桂哲和献基，献基问需不需要把这个事实告诉广域侦查队。秀贤说现在他们认为海英是最大嫌疑人，这种情况下不可能相信海英的证词。随后，她说在金成范的别墅里发现了15年前失踪的警察的尸骸，而这名警察曾经和安治守一起调查过仁州案。尸体发现之后，金成范就失踪了。这是一个对犯罪非常熟悉的人物，很有可能偷渡。秀贤命令桂哲和献基调查金成范经营的夜总会、家附近的摄像头、通话记录、信用卡、账户明细、前科记录等等，能找的全部找来，一定要找出金成范。

　　第二天，秀贤去拘留所见海英。会客室桌子上放着写有地址的记录。那是桂哲发现的金成范可能出现的候选地址。除掉安装监控摄像头容易被发现的场所，剩下的主要是金成范和朋友们所有的写字楼地址。海英叹息着摇了摇头。

　　"范围太广了，就算对他做犯罪心理分析，他也很难在逃跑过程中选择喜欢的居住地。这次我很难发挥作用了。"

　　"朴海英，振作起来。我们必须快点儿找到金成范。除了我们，还有人在四处寻找金成范。桂哲前辈把这个清单给我的时候告诉我，他听金成范的朋友们说，有人先我们一步在找金成范了，从衣着外貌来看不像警察，比我们先一步动手，是金范周局长。"

　　"金范周局长？放走金成范的人应该就是金范周局长啊，怎么会……"

　　"放走金成范的人应该是金范周局长，但是金成范马上就不见了踪影。现在对金成范来说，最危险的人就是金范周局长了。李材韩前辈的尸体被发现，这件事不在他们二人的计划之内。有警察被人杀害，肯定需要替罪羊，而且金成范比任何人都更了解金范周局长的行径。局长肯定想赶在他被警察逮捕前除掉他。如果金范周局长抢在我们之前找到了金成范，能够证明李材韩前辈为什么死，安治守系长被谁所杀的唯一证人就消失了。我们必须赶在金范周局长之前找到金成范，没有时间了。"

海英振作起来，开始翻看地址目录。

"可能性最大的地域是哪里？"

"金成范小时候生活过的地方，钟路区，还有他母亲居住过的京畿道富川市，可能性最大。"

"京畿道富川？"

"怎么了？"

魂不守舍的海英突然想起自己没有接到的电话号码。那个以京畿道区号032开头的电话号码，他错过了好几次。

"现在金成范被警察追赶，同时也被金范周追赶，可以说是四面楚歌，偷渡路线应该也被堵住了。这种情况下，他会怎么做呢？"

"当然是去找最值得信任的人。"

"对，即便是警察，他也绝对不会找和金范周局长联手的警察，而是想办法联系愿意揭露金范周局长丑行的警察，像我这种。"

听了海英的解释，秀贤去找拘留所的看守义警，态度强硬地要求他打开保管被拘留者物品的储物箱，拿出了海英的手机。义警说同意你们见面已经很勉强了，手机真的不行。秀贤更凶狠地说道：

信号 〔下〕

—

"能够辨别杀害系长真凶的重要线索就在那里面，现在我必须确认。"

义警被秀贤的眼神吓坏了，只好打开储物箱。秀贤从朴善宇的调查资料、车钥匙等物品中间找出手机，拿给海英。海英开机查看未接电话记录，全部都是032开头的同一个号码。果然不出所料，他退出目录，回到开机画面。这时，通知语音留言的铃声响起。

"我是金成范，我掌握着能够一举摧毁金范周的证据。我信不过其他警察，朴海英，你一个人来。1月19日夜晚23点，盛和大厦地下停车场。"

金成范正被人追赶。金范周的手下正在仔细查找金成范可能去的地方。他心生不安，只好到公用电话亭给海英打电话，然而总是打不通，只好给他语音留言。

听完语音留言，秀贤准备和专项组一起去逮捕金成范。海英劝阻她说：

"金成范对犯罪相当熟练。他会躲起来，看着是不是我一个人去。如果去的不是我，而是其他人，以后很可能和我也切断联系。办法只有一个。"

第二天，到了和金成范约好见面的日子，广域侦查队的姜刑警来到拘留所。他要带走海英。

"出来，今天要去法院接受逮捕令实质审查。"

海英慢慢地站起来，姜刑警给他戴上手铐。海英用毛巾遮住戴了手铐的手腕，被刑警们拉着上了车。

姜刑警、海英和另一名警察坐在后排，海英右侧的警察在打瞌睡，姜刑警在通电话。趁此机会，海英用遮着毛巾的手拿出藏在口袋里的钥匙，打开了手铐。汽车转弯的时候，速度慢了下来，海英推开那名警察，打开车门跳了下去。他忍着疼痛，从小路逃跑。姜刑警和另一名警察停车追赶。海英从小路跑过去，秀贤的车等在那里。他跳上了副驾驶席。

这一切都是因为秀贤事先把手铐钥匙给了他。秀贤说要帮他，和他一起去。海英拒绝了。他不能让秀贤也卷入这个案子。秀贤还是坚持，说这件事凭借海英个人的力量不可能完成。

"朴海英逃跑了！快定位！"

广域侦查队的姜刑警用手机报出车牌号，同时急匆匆地下达出动命令。成为共犯的秀贤和海英都在为对方担心。

"没事吧？这辆车走不了太远，等会儿你得换乘出租车。"

"你呢，你没事吗？广域侦查队肯定都翻天了。"

"无所谓，必须快点儿见到金成范。见到他之后，弄清楚前辈为什么死，怎么死的。必须改变什么，才能让前辈活过来。"

只要能让材韩死而复生，秀贤什么都可以做。

到了约定场所，他们看了看时间。23点整。海英走进没有人迹的地下停车场，四下里张望着寻找金成范。四周静悄悄的，隐约传来了开门的声音。他迅速朝着声音传来的方向看去，安全出口正在慢慢关闭。海英朝着安全出口走过去，金成范从停在旁边的卡车里跳了出来。他抓住海英的肩膀，拖着他来到卡车后面。

"一个人来的吗？"

"证据呢？能够证明金范周局长犯罪的证据是什么？"

信 号 ［下］

—

"我问你是不是一个人来的！"

"你先说证据是什么！"

"还能是什么证据，受贿、贪污、渎职，全部都过了公诉时效。"

"不受公诉时效限制的罪名……杀人，是杀人案吗？"

这时，背后传来一个声音。

"金成范，把手举起来。"

说话的是秀贤。金成范惊慌失措，推开海英就跑。海英纵身把金成范扑倒，给他戴上了手铐。

"我让你一个人来，你疯了吗？"

"不用担心，这位警察绝对信得过。"

"这不是信不信得过的问题。你不知道金范周是什么人！他肯定会派人跟踪的。"

秀贤不想听金成范说话，走过去抓住他的肩膀，问道：

"李材韩刑警，你记得吧？"

金成范避开秀贤的视线，说不知道。

"2000年！善一精神病医院！"

"不知道！"

"你的别墅里埋着他的尸体！为什么？你到底为什么要杀他？"

"那是他自己叫嚣着想死，只要老老实实待着，什么事都没有，可是他偏偏放肆胡闹，结果惨死！那个孩子和他没有一点儿关系，他只要睁一只眼、闭一只眼就行了，他却像疯了似的非要查个水落石出。"

听了金成范的解释，海英颤抖地反问道：

"朴善宇意外死亡案？因为这个案子吗？"

"是的。"

"因为我，因为我……"

海英喃喃地重复着同一句话。他通过对讲机说过，悬案是因为有人放弃而制造出来的，所以千万不要放弃。他苦苦哀求李材韩刑警拯救哥哥。都是因为他。海英像丢了魂似的喃喃自语：

"我以为所有的人都不管呢，原来他独自坚持到最后也不肯放弃。因为我，他因为我而死。"

秀贤不停地叫着海英的名字，试图唤醒大受刺激的他。

"朴海英，振作起来！朴海英！"

秀贤转头的瞬间，金成范趁机猛地站起来，拼命逃跑。秀贤大吃一惊，急忙追赶。这时，一辆车发出巨大的轰鸣声，突然出现在她和海英面前，撞到了金成范。咣，金成范摔倒在地。

"不可以！"

秀贤对准车辆逃走的方向开枪。这时，海英也朝血肉模糊倒在地上的金成范跑去。

"金成范，不可以，你醒醒，金成范！"

金成范没有反应。汽车轮胎被秀贤开枪击爆，车身倾斜。秀贤开了一枪，命令司机下车。司机开门下车，转身把双手放在车上。刹那间，藏在后排座位的男人急忙下车。秀贤忽然有些走神。司机抓住机会，抬脚踢向秀贤的手枪。

信 号 ［下］

—

两人展开了搏斗。秀贤把司机踢倒，正要将他制伏，不料秀贤的手枪偏偏掉在男人身旁。男人迅速拿起手枪，对准秀贤。海英大喊着冲了过来。

"不要！"

砰。

海英冲到秀贤面前，替她挨了一枪，倒在地上。男子弃枪而逃。秀贤顾不上去追赶，扑向流血倒地的海英。

"朴海英……朴海英！"

鲜血从朴海英的腹部涌出。他渐渐失去了意识。秀贤捧着海英的脸，不停地说：

"醒醒啊，朴海英！我让你醒醒！"

海英艰难地说道：

"对讲机……"

"坚持一下，我叫救护车。"

秀贤拿出手机。海英吃力地挡住了她的手。

"对讲机……你要告诉李材韩刑警，必须救活他。"

秀贤红着眼睛，拍打着海英的脸，喊着让他清醒。海英的意识越来越模糊。即便这样，他还在说要和材韩通话。

"不要说话，别动，我叫救护车。"

"23点23分，每次都是23点23分。"

秀贤看了看表，时针指向23点20分，但是她必须先照顾眼前的海英。海英流血不止，视线渐渐模糊。秀贤急忙脱下自己的外套，盖在海英身上，同时拨打119。

"再坚持一下，救护车马上就来。"

"一定，一定要救李材韩刑警。"

时针指向23分。海英和秀贤注视着对讲机的频道。对讲机没有亮，频道也没有变化。就这样，23点23分静静地过去了。

正如金成范所说，材韩没有放弃，仍在秘密调查朴善宇意外死亡案。2000年7月29日，他收到了来自美国法医学研究所的DNA结果报告书。材韩小心翼翼地给曾经讨论过这个案子的吴宰善检察官打电话。

"检察官，我是李材韩，我找到了证据。是的，可以证明首尔厅金范周刑事科科长杀人罪行的证据。好的，一小时后我去您办公室。"

挂断电话，材韩重新检查了一遍放在文件袋里的红围巾照片，以及从围巾中检测出的血液成分和DNA检测结果报告。他怀着悲壮的心情走出警察署，跟同事说出去一下。突然，另一名警察跑进来说，有孩子失踪了，是被人绑架。听到振阳小学金允贞被绑架的消息，警察们板着脸，迅速展开行动，联系振阳小学，确认绑架场所。办公室里充满了紧张的气氛。材韩低头看了看文件袋，不得不把袋子塞进抽屉，对同事说：

"你去确认一下报警电话，小学方面交给我。"

重案组的警察们正在展开基础调查。这时，重案组办公室门开了，传来班长的声音。

"为了支援金允贞绑架案，首尔厅金范周刑事科科长亲自来了。从现在开始，这个案子的调查由科长担任总指挥。"

金范周和李材韩多日不曾见面了，两个人的视线紧张地胶着在一起。安治守也站在金范周身后。这时电话铃响了，犯人发来恐吓信，要求把5000万元送到华隐洞佛罗伦萨咖啡厅。金范周眼睛盯着材韩，下达搜查命令。

"管辖署重案组出发去现场，查看有没有可疑人物。首尔厅组员以客人身份潜入。至于自我介绍，以后再进行。现在出发！"

警察们分散开来，各自做着出发准备。材韩冷冷地瞪着金范周，然后跑出了办公室。所有的人都出去了，办公室里只剩下金范周。他慢慢地走向材韩的办公桌，扫了一眼桌面，逐个打开抽屉，终于在最后一个抽屉里发现了他要找的文件袋。

"我去一趟瑞英公园。"

金范周望着窗外，站在几乎没有人迹的走廊尽头。安治守走了过来。金范周低声说道：

"不，你还有别的事要做。你以为我会为了一个绑架案而把你带到这里？你跟踪李材韩。"

"什么？"

"李材韩看出谁是仁州案的真凶了。"

安治守慌了神。不可能啊！伪造得那么完美，怎么可能看出来呢？再说这个案子已经结束了。

"张泰镇吗？但是没有证据。"

"不，还是有证据保留下来了。"

"那么，朴善宇找李材韩难道就是因为那个证据？"

"对，留在案发现场的红围巾，在李材韩手里。他已经把证据寄到美国，好像拿到了检测结果。"

安治守不只惊讶，甚至感到恐惧。他也参与了伪造证据。金范周让他跟踪材韩。安治守小心翼翼地说道：

"跟踪李材韩就能解决问题吗？还不如干脆……"

"兔崽子！干脆什么？干脆把真凶公之于众？如果造假过程暴露，我们就得把以前吞掉的通通吐出来，这身衣服也得立刻脱掉。像你这种土包子，这个年纪了，还能找到像样的工作吗？你女儿的医疗费怎么交？"

安治守的神情立刻黯淡下来。女儿是他的全部。为了卧病在床的女儿，他可以抛弃作为警察的自尊，甚至良心。时至今日，他不能让这一切化作泡影。

"他手里有不该拿的东西，你要夺回来，不择手段！"

材韩不知道安治守受到金范周的收买，仍然专注于仁州案。那天材韩格外着急。他带上徐亨俊的信用卡明细单和贴在电脑屏幕旁的便条，上面写着"8月3日善一精神病医院"。正准备出门，身穿警服的秀贤走了进来。那是秀贤转到这个部门的第一天。

"吃饭了吗？真会选日子，这种时候调部门。"

"前辈，上次我说的话……"

"案子应该很快就能解决，结束之后再谈。"

材韩拍了拍秀贤的肩膀，走了过去，然后停下脚步，补充说道：

信 号 ［下］

—

"我一定会回来的，很快就回来。"

不一会儿，材韩就去了善一精神病医院。他在医院后面的检修井里发现了徐亨俊的尸体。正在这时，对讲机的频道在闪烁。材韩立刻从口袋里拿出对讲机。

"朴海英警卫，朴海英警卫？"

没有人回答。

"或者零点五，是你吗？"

材韩用手电筒照着检修井里面，继续通话。

"我在你说的善一精神病医院，建筑物后的检修井里有一具砍掉了头的尸体。这是金允贞绑架案的嫌疑犯徐亨俊。不过拇指被砍掉了。有人杀死徐亨俊，然后伪装成自杀。"

这时，对讲机那头传来海英的声音。他第一次接到这样的通话，显得有些不知所措。

"你是谁？这是什么意思？善一精神病医院？那是什么地方？"

"朴海英警卫？"

突然间，啪的一声响，材韩被钝器击中了后脑勺，倒在地上昏迷不醒。

"李材韩，李材韩！你醒醒！"

材韩头上流着血，慢慢地睁开眼睛。视线里出现了一个破旧而简陋的废仓库。角落里放着烧垃圾用的铁桶。材韩回过神来，发现自己的手被捆在背后。

"你醒了？"

材韩望着正在跟自己说话的安治守。

"证明仁州案真凶的证据红围巾在哪里？把它交出来，这件事就到此为止了。不管你怎样坚持，结果都不会改变的。"

"金范周说的吧？他让你把仁州案的证据找回来？那条红围巾，不但能够证明仁州案的真凶是谁，还能证明金范周科长杀害了善宇，你知道吗？"

安治守大惊失色。这是他也不知道的秘密。他一直以为，金范周只是为了帮助张泰镇掩盖罪名而嫁祸朴善宇，而朴善宇因为无法忍受而自杀。

"你这是什么意思？朴善宇明明是自杀……"

安治守受了刺激，有些站不住了。正在这时，寂静的仓库里传来脚步声。金范周和金成范走了过来。看到安治守站在那里发呆，金范周让他走开。安治守仍然难以置信地说道：

"这是什么意思？善宇不是自杀吗？"

"我让你走开。"

金范周冷冰冰地说完，金成范把安治守拉到后面。金范周慢慢地走到材韩面前坐下，把从材韩抽屉里拿出来的文件袋指给他看。

"你想抓我？就凭你，敢打我的主意？"

金范周的眼睛里仿佛燃烧着熊熊烈火，倾泻着满腔的愤怒，恨不得立刻把材韩置于死地。材韩用绑在后面的手艰难地摸索，捡起一块玻璃片，静静地划断了捆住手腕的绳索。

"不过你精神可嘉，证物是怎么到手的？"

材韩从容地冷笑着说：

"地球不会总是朝你那边转。"

金范周杀气腾腾地说道：

信 号 ［下］

"不论过去还是现在，问题就在那条围巾，对吧？"

"我等了15年，结果你以死亡的方式归来。我等了15年啊……前辈你却死了！"

身处未来世界的秀贤通过对讲机说出这句话的时候，材韩感到极度无力。她说他死了，再也见不到自己心爱的人了，这让他当场崩溃。最后，他还是努力振作起来，整理自己的思路，然后悲壮地喃喃自语道：

"未来是可以改变的，我来改变就行了。"

材韩开车去了仁州。朴善宇说他找到了能够解决姜慧胜案子的证据，一条红围巾。朴善宇的尸体在家中被发现时，材韩立刻在他家里翻找，奇怪的是没有找到。分明是被金范周拿走了，材韩尽可能专注地做出推理。

金范周这个人做事缜密，不会把证物扔在显眼的地方，更不会随意丢弃。他要争分夺秒地逃离杀害朴善宇的犯罪现场，自然很难在仁州处理这件事。如果把红围巾带回警察厅，那也要冒巨大的风险。他努力去想自己可能想不到的变数。此时，他正好经过服务区。

"服务区！"

朴善宇死后，他去找金范周对质的时候，金范周的办公桌上放着印有"世仁药店"的塑料袋。服务区是匿名的人们进进出出的地方，他们丢弃的垃圾相互混合，只要被拉走就再也无法找到。从仁州到首尔路上的服务区，世仁服务区。

材韩掉转方向盘，驶入首尔方向的世仁服务区。旅行归来的人们，刚刚踏上旅途的人们，服务区里到处都是人。材韩迅速找到药店门前的垃圾桶。

垃圾桶很干净，看上去刚刚清空不久。服务区里，所有的垃圾桶都找遍了，结果都一样。材韩拦住路过的保洁员问，垃圾桶是什么时候清空的。保洁员说，那些垃圾已经送到了垃圾处理场。

材韩又开车赶往垃圾处理场。眼前的垃圾袋堆积如山，遮挡住了视野，而且还有垃圾不断地运来。材韩不顾一切地跑过去，打开面前的袋子挨个儿翻看。就算熬夜，不，就算需要几天，也一定要找到。他暗下决心，不能让朴善宇白白冤死。找啊找啊，还是没有那条红围巾。这个袋子看过了，那个袋子也看过了。虽然只是垃圾，材韩却像疯子似的逐个打开垃圾袋，不停地翻来翻去。

"你在这里做什么？"垃圾处理场的工作人员问道。

材韩置若罔闻，继续翻找垃圾袋。

"我问你在这里做什么，没听见我说话吗？"

"啊，你不用管我，我要找一样东西。"

"哎呀，你这个人，在垃圾堆里找什么？你这么乱翻怎么行呢？啊，快走吧，快走。"

"我要找到，必须找到！"

一位老奶奶推着手推车收集废纸，默默地看着工作人员和材韩争吵的场面。材韩推开工作人员，准备跑回垃圾堆旁的时候，突然停下了。老奶奶的脖子上系着一条红围巾。

"这条围巾是您的吗？"

"好好的围巾扔了，我就捡起来了。"

终于找到了。材韩跟老奶奶说明情况，要回了围巾。他把围巾装进透明的证物袋子，去了国家科学研究所。他怀着必须让案情真相水落石出的念头赶到了国科所，这时金范周的心腹正在和职员交谈。

　　材韩只能考虑其他的办法。最后，他直接把围巾寄到了美国的法医学研究所。善宇的DNA采样也放进了包裹。一段时间之后，材韩收到了来自美国法医学研究所的电子邮件，附件里有检测结果报告书。他翻开词典，一个字一个字地读完检测结果，然后还要面对另一个难题。检测结果报告书上写道："寄来的围巾中检测出两名女性的DNA，后面检测出不明身份男性的精液，朴善宇的血液，还有另一名男性的血液。"如果想要确认另一名男性的身份，需要有对比血样。看到这里，材韩决定再次委托美国法医学研究所，哪怕耽误时间也行，只能这样做。

　　第二天，材韩去首尔厅刑事科科长办公室找金范周。他远远地站着，等待金范周出门。巡警说科长不在办公室，不让进去。材韩说，专门买了饮料来感谢科长，只要留个便条就行。巡警这才同意他进去。材韩偷偷地拿起金范周吸过的烟头，塞进证物袋，然后写上别人的名字就出来了。他把烟头寄出去，收到的结果显示，金范周的DNA和围巾上检测出的血样一致。

　　金范周给朴善宇服用了神经安定剂，用刀划破他的动脉，伪装成自杀。然后，他擦掉留在刀上的指纹，试图沾上朴善宇的指纹。当时，朴善宇还隐隐保留着微弱的意识，甩开了金范周的手，从而导致金范周的手被刀划破，围巾上也就沾有了他的血迹。

　　"这件事又有谁知道呢？我再问你一次，除了吴宰善检察官，还有其他人知道这件事吗？"

　　金范周的声音在仓库里回荡。他把检测结果报告书在材韩面前摇晃。信任的检察官竟然背叛了自己，材韩神色黯淡。他给以前聊过这个案子的检察官打电话，没想到金范周的势力已经伸到了这里。金范周笑着说道：

"啊，你是不是疑惑，只有吴检察官知道的事情，我怎么会知道？世界就是这样，都是一伙的，你不知道吗？这是最后的机会，放弃吧，只要你承诺放弃一切，我也就此收手，我也不想杀害在职警察。"

"不，反正你也不想放过我。随便吧，来吧。"

面对死亡，材韩的态度竟然如此淡定。这让金范周感到意外，他板着脸说道：

"你不想放弃，是吧？"

材韩看着金范周，露出一脸苦笑。金范周把装有检测结果报告单的袋子扔进正在燃烧着的铁桶，然后对金成范下达命令：

"动手。"

听了两个人的对话，安治守受到强烈的刺激，急忙拦住了金成范。

"不可以，只要销毁证据就行了，不是吗？"

"别说这种蠢话了。数据在美国，想要的话随时可以要求美国方面再寄一份过来。"

"可这样总归是不行的，怎么能对同事……"

"同事？他把你当同事了吗？要是放过他，你我都得死。"

两个人争吵的时候，材韩竭尽全力划断了绳索，然后起身朝金成范踢了一脚。金成范的身体晃了晃，很快又恢复平衡，朝着材韩扑了上去。安治守阻止金范周。

"科长，不要。"

信号 ［下］

—

"你疯了！是你把这个兔崽子绑到这里来的。"

材韩和金成范展开了殊死搏斗，其间被金成范的刀刺中了腹部。痛苦蔓延全身。他咬紧牙关，流着血扑向金成范，将他推开，然后拿着对讲机跑向仓库大门。

"你干什么呢！快抓住他！"

金成范想要去追，然而安治守却挡在他面前。

"科长，求求你不要。"

金范周的拳头飞向安治守的脸。

"你醒醒吧！如果李材韩从这里逃出去，你就会因为绑架和受贿而坐好几年的牢，那么你女儿就只有死路一条了。"

安治守动摇了。

"你选择吧，李材韩，还是你女儿？选择吧。"

安治守浑身发抖，慢慢地转过身，跑出去追赶李材韩。金成范也想去追，金范周嘱咐他道，最后一步要交给安治守完成。金成范点了点头，也追了出去。材韩气喘吁吁地躲在树后。他忍着疼痛，下定决心要逃出这个地方。如果自己死了，一切都将成为谜团，包括仁州案、朴善宇案。还有一个不能死的理由，那就是车秀贤。材韩想起对讲机那头咆哮的秀贤。

"你让我等你回来的！我就等了那么久……"

材韩咬紧牙关。

"我一定，会回去的。"

急救车上的海英脸色苍白，好像马上就要不行了。秀贤忧心忡忡地看着他。就在这时，一阵风轻轻吹进急救车。即使被痛苦包围，海英也感觉到了轻轻摇动秀贤发丝的微风。变了。

"朴海英，你没事吗？"

"改变了。"

"马上就到医院了，你再坚持一下。"

海英抓住秀贤的手。

"通话改变了。第一次通话的时候，刑警说是我不让他去善一精神病医院。这次不让他去善一精神病医院的人不是我，而是车刑警。"

"什么意思？"

"通话内容改变了，过去也可能改变。你和李材韩刑警最后见面是在什么时候？"

"8月3日，他说要出去调查金允贞绑架案，那是最后一次。"

"跟以前一模一样吗？一点儿变化也没有？"

在秀贤的记忆中，一切都没有变。她慢慢地回想。一定会有的，一定会。陷入回忆的秀贤终于找到了发生变化的记忆。

"你说得对，我和前辈最后见面的情景发生了变化。以前，前辈出门时说等案子结束后再谈，不，他说一定会回来的，一定会回来。记忆变了。他明明说的就是让我等到周末，说他很快就能结束，一定会回来。"

"过去已经改变了。"

海英和秀贤都在颤抖，却又愉快地分享着彼此的希望和期待。海英回忆起材韩让自己不要放弃的声音，意识渐渐变得模糊了。急救车到达医院，海英被送到抢救室。医生对中弹昏迷的海英实施了心肺复苏术。

信 号［下］

—

神情恍惚的海英还在竭尽全力，试图把自己的真心和急迫传达给材韩，尽管没有对讲机。

"23点23分，您去世的时间，最让您痛苦的不是对死亡的恐惧，而是所有的案子都将成为谜团，对吧？所以您怀着焦急的心情向我发话吗？请您凭借这种意志活下去，不是因为对讲机，而是因为您自己的意志。"

海英反复念叨了几次，像材韩临死前通过对讲机最后说的那样：

"不要放弃。"

哔，伴随着这个回荡在急救室里的声音，海英的心跳停止了。

说好一定会回去的，说好绝对不会放弃的，8月3日23点23分，安治守冲着从山坡上滑下来、血肉模糊的材韩举起了枪。

砰！

肩膀流血的安治守倒在地上。金成范站在远处注视着这一幕，一个枪口瞄准了他的太阳穴。

刑警机动队的警察们制伏了倒地的安治守，给他戴上手铐。金成范也未能幸免。

"怎么这么晚才到？"

"手机定位不准，我们在这里找了很长时间。"

"金范周！快去追金范周科长！"

听到材韩这句话，警察们纷纷跑进仓库，可是金范周已经逃走了。一部分警察去追金范周，还有几人扶起材韩。材韩摇摇晃晃，连站起来都很困难。尽管这样，他还是没有忘记拜托大家。

"哎呀，我要先去一个地方。"

材韩拖着伤痕累累的身体，最先去的地方不是医院，而是秀贤家门前。得知消息的秀贤飞也似的下了楼。材韩被人搀扶着走下急救车的时候，秀贤哭着喊道：

"前辈！这是怎么回事？你疯了吗？你让我避开拿刀的家伙，而你又是怎么回事？"

秀贤掀开他的衬衫，抚摸他沾满鲜血的身体。材韩默默地抱住了秀贤。其他刑警纷纷退到车后。

"我，我说话算数。"

两个人在急救车前久久相拥，像一对永远不会分离的恋人。

海英惊讶地睁开眼睛，仿佛刚刚做了一场噩梦。他在自己的房间里。首先仔细观察身体的各个部位，一点儿伤痕也没有。他一头雾水，再次环顾四周，却看到饭菜摆放在旁边。海英小心翼翼地过去一看，上面有一张字条：

听说你生病了，我就过来看看。本来想等你起床再走，可是餐厅还有工作要做，我得先走了。你要按时吃饭。——妈妈

看完字条，海英惊讶地打量房间，不禁吓了一跳。墙上挂着和家人的合影。那是结业典礼时和爸爸妈妈的合影。海英混乱的记忆重新拼凑起来。一切都变了。

信 号［下］

一

允贞被绑架的时候，海英路过电器商店前，看到电视里正在播放绑架案真凶——精神病医院护士被逮捕的新闻。那天，有一名警察来到他家，从文件袋里拿出一张纸，说是证物的检测结果报告单。

"不是善宇干的，善宇不是仁州案的凶手，他是在寻找仁州案真凶的过程中被人杀害的。"

听了警察的解释，海英爸爸怔怔地说不出话来。

"善宇努力想让全家人团圆，可惜中途去世了。"

那天，海英在哭泣的妈妈身边不停地抹眼泪。

"对不起，善宇的死，仁州案的真凶都没能早些查清楚，对不起。"

警察低头道歉，然后离开了。小海英当时跟着警察出了门，深深地鞠躬，哭着道谢：

"警察叔叔，谢谢您，真的太感谢您了。"

警察呆呆地看了看海英，笑着走了。

改变了的记忆重现，海英放心了。材韩死而复生。海英径直去了材韩父亲的钟表店。他想见材韩。

材韩父亲好像刚从外面回来。听到动静，他弹掉烟灰，说了句"欢迎光临"，然后问他是来修表的吗，他好像不记得海英了。

"李材韩刑警……"

"你认识我儿子？"

"是的，刑警现在在什么地方？"

材韩父亲淡然地说：

"你年纪轻轻的，怎么会认识我儿子呢？不过我儿子失踪了，已经15年了。"

海英感觉天都塌下来了。明明改变了，过去明明改变了，不料材韩仍然处于失踪状态。海英连忙敷衍着道别，走出钟表店，飞快地冲向广域侦查队办公室。

办公室里没有专项组，没有牌子，也没有办公桌，正如专项组刚刚搬进来的时候，完全像个仓库。广域侦查队的姜刑警和文刑警用异样的目光望着突然闯入的海英。黄义警走了过来。

"您有什么事？"

海英面露喜色。

"哦哦，这是怎么回事？怎么变成这个样子了？"

海英又看了看变成仓库的长期未破案专项组位置，说道。

"你是谁，哪个署的？你认识我吗？"

"我是，朴海英……警卫……"

这时，姜刑警走过来说，这里不允许无关人员随便进入，做手势让他出去。海英从自己的口袋里翻出警察证，发现上面写着首尔厅北大门分队。这究竟是怎么回事？

随后，海英又去了振阳警察署。桂哲和献基仍然在争执不休。

"昨天明明给你了。"

"啊，是啊，给我了，可是为什么没有呢？"

"是不是你没看好啊？"

"你还真能顶嘴……"

信 号 ［下］

—

这时，海英走了进来。

"哈哈，这里可不是随便什么人都能进来的……"

桂哲看着海英说。

"啊，请问……车秀贤刑警在吗？"

"你找车刑警有什么事？"

"我是北大门分队的朴海英警卫。"

"警卫？你这个人，要先说官职和姓名，有的公务员就因为没说官职姓名而脱掉了制服，不知道吗？"

"我有急事，她去了外地吗？"

"我们也不知道，突然出去了。如果你找到她，也请告诉我们一声。不接电话，也不在家里，都忙死了，她跑哪儿去了？郑献基，你再把检测结果给我发一次。"

见两个人完全不认识自己，海英不得不回到北大门分队。好久没见到海英了，一名警司对他说道：

"哦，休息日，您怎么来了？"

海英默默地来到自己的位置，翻起了抽屉。

"怎么了？找什么东西吗？"

"对讲机，没有电池的旧对讲机，不记得吗？"

"我不知道您在说什么。"

"以前我不是带着对讲机来的吗？"

"警卫是带着对讲机来的吗？没有啊。"

海英离开分队，又去了振阳市，来到肉皮店。他坐在角落，看了看材韩可能坐过的位置。老板娘笑容满面地说道：

"呆呆地看什么呢？从前那个小家伙已经到了喝烧酒的年龄吗？时间可真快啊。"

"那次，是最后一次吗？当时那名刑警……"

"对，带着一个女人来过，从那以后就再没见过。"

"他到底发生了什么事呢？"

海英心急如焚。过去变了，对讲机也消失得无影无踪，材韩却仍然没有消息。海英咽下一口苦酒。

秀贤和材韩第一次约会的日子。

"怎么说也是第一次约会，你就这么出去啊？"

"怎么了？万一约会的时候接到命令呢，我穿高跟鞋跑吗？"

耐不住秀敏的催促，秀贤真的喷了香水，只是坐在咖啡厅里，说不出有多尴尬。望着精心打扮、落落大方地坐在咖啡厅里的女人们，秀贤心生怯懦。材韩似乎也觉得和秀贤在咖啡厅里单独见面不太自然，刚进来就带着她出去了。直性子的材韩带秀贤去了肉皮店。

秀贤坐着四下里张望，材韩一边烤肉一边问：

"你讨厌肉皮吗？"

"不，啊，应该很好吃吧。"

秀贤言不由衷地回答，然后问道：

信 号［下］
一

"前辈是这里的常客吗？"

"我不是，我认识的一个小孩子是这里的常客。"

老板娘认出材韩，过来打招呼。

"您是来找那个小家伙的吗？那小子已经很久没来了，听说现在和他的爸爸妈妈住在一起。"

"我知道。"

材韩感觉很欣慰。秀贤拿起酒杯，不动声色地问道：

"前辈，你还在找金范周科长吗？你已经尽力了，金范周科长的事就交给别人负责吧。"

"金范周科长也只是颗棋子罢了。"

"什么意思？"

"真正应该受罚的另有其人，背后安排这一切的人。只有真正纠正错误，才能改变过去，从而改变未来。"

听了秀贤的劝说，材韩还是坚持己见。

有一天，在外执勤的材韩急匆匆地给秀贤打电话。

"庆真洞，确定就是这里，让刑警机动队的人快来！"

材韩说他找到金范周了，让秀贤带人来庆真洞。但是，秀贤并不知道庆真洞在哪里。她先给刑警机动队的警察们打电话。这时，材韩已经赶到了位于庆真洞的废旧仓库门前。他拿出枪，迈着紧张的脚步，慢慢地走进仓库。突然，有人朝材韩扑了过来。正是金范周。材韩受到攻击，倒在地上，手枪也掉落了。金范周试图趁机逃跑。材韩抓住金范周的腿，把他推倒在地，两人展开了殊死搏斗。最后，材韩揪住了金范周的衣领：

"我说过吧？我不会放过你的。"

"你抓到我，世界就会改变吗？还不如变成狗活着，总比整天抱怨世界猪狗不如好。"

"不，抓到你没用，还要抓到另一个家伙，世界才能改变。仁州案的主犯张泰镇，他的伯父，张英哲议员。"

听到材韩说出张英哲议员的名字，金范周脸色冰冷。尽管他像狗一样忠诚，却也像狗一样被人抛弃。他为自己的处境感到愤怒。材韩大声嚷道：

"侄子做了什么勾当，他心知肚明，却为了遮掩罪行而杀死无辜小孩的浑蛋！是那个家伙，对吧？"

"那又怎么样？人家就因为那样做，才拥有了那么强的实力。世界就是这样。"

"是的，问题就在这里。以后他还会重复几次、几十次同样的罪行。他用力量遮掩，用钱封口，伪造犯罪！所以我要在这里阻止，我要让他受到惩罚！你懂吗？"

金范周被材韩揪着衣领，忍不住笑出声来。

"你吗？警察、检察官，甚至青瓦台都奈何不了他，你区区一个重案组刑警怎么阻止？"

"振阳新城开发腐败问题，当时是你操作的。留下的软盘，原件可能没有了，但是拷贝，你不要说也不在了。像你这么卑鄙狡猾的家伙，不可能不给自己留后路。在哪儿，软盘？！"

这时，外面传来猛然刹车的声音。金范周惊慌失措，看了看角落里的包。材韩也顺着他的视线看去。吭，仓库门开了，几个身穿黑西装的男人闯进来。

信 号 ［下］

一

他们挥舞木棍，攻击材韩和金范周。两人分头抵抗，可是力不从心。金范周已经伤痕累累，浑身无力。即便如此，他还是想竭力护住那个包。最后，他被男人们拖走了，惨遭毒打，以至于吐血倒地。材韩也差点儿昏迷不醒。趁着那些男人对付金范周的空隙，他打碎玻璃窗逃了出去，紧紧抱着金范周的包，有惊无险地上了车，穿过随后追来的男人中间，离开了废旧仓库。

材韩满身伤痕，憔悴不堪地驾车，最后停在国道边上。几分钟后，那些男人就会追上来。这些资料放在哪里呢？材韩有气无力地靠着驾驶席，想起了一个人。

"朴海英警卫。"

但是，对讲机失灵了。只能想别的办法。这时，身穿黑西装的男人们跑过来，猛烈地用木棍砸前车窗。

就这样，所有的过去都改变了。调查与材韩相关的案子时，海英发现了惊人的事实。调查资料中间出现了"庆真洞废旧仓库杀人案"的内容。

2000年11月20日，庆真洞废旧仓库，首尔厅前刑事科长科金范周尸体被发现。

全身多处伤痕，推测是在激烈搏斗中遭人杀害。

被害前与振阳署重案组李材韩刑警有过单独接触。

现场发现嫌疑人李材韩的大量血液和DNA。

2000年11月30日之后，嫌疑人李材韩下落不明。

嫌疑人丢弃在13号国道旁的车辆被发现。

因为时效结束而结案。

涉嫌腐败被追踪的金范周死亡，尸体在废旧仓库里被人发现；材韩成为最重要的嫌疑人，失踪。金范周是重要证人，同时也是犯人，材韩不可能杀害他。一定是有人杀害金范周之后嫁祸材韩。当务之急是找到这个人。他觉得只要有对讲机，无论如何都能想出办法，然而联系他们的对讲机已经消失不见了。或许，从一开始对讲机就是一种手段。不想留下悬案的心愿，纠正错误现实的意志，不肯放弃的决心，以及虔诚的心，刑警李材韩的虔诚，因为哥哥屈死而当警察的海英的虔诚。

海英终于恍然大悟。没有对讲机也会有办法，材韩肯定会留下线索。海英从头回想自己与材韩的交往。通过对讲机听到案子的线索，偶尔会从材韩家发现的手册便条上找到线索。是的，手册，一切都从手册便条开始。过去发生变化，便条的内容也会发生变化。钥匙就在那里。

海英找到重案组秀贤的座位。不知为什么，警察署冷冷清清。海英避开打瞌睡的警察，从失去了主人的办公桌抽屉里偷偷拿出了材韩的手册。果然不出所料，最后一页插着褪色的便条。显然是写给海英的信息。材韩知道未来的海英会看到这张便条。他慢慢地拿出便条，打开一看，上面是材韩挥笔写就的大字：

32-6。

海英明白了。

"这是刑警留给我的最后一条信息，别人不知道，只有我能看懂的数字。"

信 号［下］

一

"海英啊，你怎么来了？昨天早晨我去看你了，身体怎么样？没事吧？"

见到住在仁州老家的妈妈，海英对她的面孔感到陌生。前不久，他们还像断绝关系似的互不见面，然而随着过去发生变化，眼前的妈妈也像换了个人，对他分外亲切。

"来这里有什么事吗？"

妈妈拿来很多食物，温柔地问道。

"有件事要问您，小时候有一位负责哥哥案子的警察，李材韩刑警，他有没有把什么东西放在这里？"

妈妈惊讶地望着海英。

"你怎么知道的？"

他猜对了。32-6是仁州老家的门牌号。妈妈从衣柜深处拿出一个纸箱子。海英和朴善宇小时候的相册、日记本、笔记本都装在这里。妈妈从最下面拿出一个文件袋，上面有"定献疗养院"字样。

"那位警察打来电话，说他要寄样东西过来，非常重要，千万不要告诉别人。他让我好好保管，直到他来取。他对我们有恩，我也就一直没扔，想着有一天他会来取的。"

海英从妈妈手里接过文件袋，拿着离开了家。他独自坐在车里，打开文件袋。不知为什么，他觉得必须在没人的地方才能看这些东西。袋子里有一张软盘，一封信。

我不知道警卫会不会读到这封信，希望如此。这是我们之间唯一的联系方法了。还记得第一次通话时说过的话吗？当时你还不认识我。但是从那以后，我们之间就开始了通话，不是吗？我活过来之后，再也没有收到过信号。我期待有一天对讲机还会再响起，可是我们之间的缘分似乎在我死而复生之后断绝了，直到现在对讲机也没有响过。

还记得那天吗？那时你还小，你哥哥死后，我洗脱了你哥哥朴善宇的罪名，找出了杀人凶手。我去你家为破案慢了而道歉，你跟着我出来，低头哭着说，警察叔叔，谢谢您，真的太感谢您了。对吧？那天我就想，如果真正该受惩罚的家伙不受惩罚，那么这种事还会再次发生。

一同寄去的资料是记录1995年振阳新城开发腐败案的软盘。我不知道该寄到哪里，寄给谁。同时代的人，我想不出合适的人选。不管寄给谁，都会给对方带去危险，或者导致证据再次丢失。但是，你生活的时代应该会不同吧。我相信到那时候，至少犯罪的人应该受到应有的惩罚。对我来说，生活在未来的你是我最后的希望。这封信恐怕也是我最后一次和你联系了。保重，祝你健康，幸福。

海英仿佛从这封信里看到了真正的材韩，感觉到他为澄清真相，不再出现无辜受害者而流下的血和泪。他以别人的名义买了一台二手电脑，下载了软盘里的内容。以前认为属实的一切原来都是假的。振阳新城开发腐败的文件赤裸裸地暴露了真相，包括张英哲议员在内，多名政界、财界大咖在新城开发过程中侵吞了几十兆，那都是国民的血汗钱。毁灭吴京泰人生，导致恩芝无辜死亡的汉营大桥建设腐败案也记录在里面。海英一分钟也没耽误，就

信号〔下〕

—

在网上散播了这些内容。

接下来的几天，大韩民国被这场腐败案震惊了。张英哲迎来了舆论的集中轰炸。确认上面的签名是他的亲笔，文件内容也来自内部文件，但是张英哲仍然表现得非常淡定。

"振阳新城开发事业是解决市民住宅难，发展地域经济的创新且成功的城市开发项目。将这样的项目描述为腐败案件，这是对主导该项目的大韩民国政府以及大韩民国国民的侮辱。"

张英哲大言不惭地对媒体发表个人意见，仿佛他没有一丝一毫的错误。舆论更加沸腾，青瓦台准备派出特别检查组，以此平息民愤。

得知这份文件是被15年前失踪的警察带走的，张英哲命令心腹手下，一定要不择手段找到这个人。犯罪分子得到应有惩罚的时代，似乎还没有到来。

做完材韩想做的事，海英去那个海边村庄寻找材韩。信封上写的定献疗养院就在那里，应该会有线索。

"这是这家邮局的邮戳吧？能不能查出寄这个邮件的人是谁？"

2000年11月24日，邮局员工说上面的邮戳的确是当地邮局的邮戳，但是查不出是谁寄的。海英没有放弃，转身去了派出所。

"我要找一个失踪的人。2000年11月24日之后，附近发现的不明身份的尸体记录，可以让我看一下吗？"

派出所所长顺从地把记录递给他。海英认真查看记录，但是没有材韩。他摸了摸胸口。那就说明材韩可能还活着，也许他还没有死。海英怀揣希望，在村里转了好几圈。他以为一定会有线索，然而迟迟找不到蛛丝马迹。

村子里风平浪静，仿佛超然于世事。人们静静地做着一天的工作。正在这时，人群中出现了熟悉的面孔。秀贤。海英立刻停车，跟着秀贤走进一家咖啡厅。既然过去发生了改变，那要是秀贤也像桂哲和献基那样认不出自己，怎么办？秀贤把材韩的照片递给咖啡厅老板，问有没有见过这个人。

"车刑警？还记得我吗？"

秀贤没有回答，只是注视着海英的脸。

"我醒过来一看，专项组消失了，谁都不记得我。我只好去振阳署找您，可他们说联系不上您了。我一直想联系您，可是……"

"用录入的号码应该找不到。"

秀贤似乎还记得海英。

"您也是这样吗？"

两个人隔着桌子，相对而坐。

"是的，像你一样，所有的事情都变了。等我回过神来的时候，我去了你的急诊室，那里的人说从来没有过名叫朴海英的患者。我又去了阁楼，你母亲说你生病了，在睡觉。谢天谢地。"

"李材韩刑警呢？"

"记得，都记得。8月3日，前辈从善一精神病医院活着回来，我和他第一次约会。最后一次和他通话时，他让我去庆真洞。我明明见过前辈的尸骸，但是在改变后的情况下，却没有这段记忆。这段记忆就像昨天刚刚发生的，然而前辈失踪的事实没有改变。15年了，我还是在寻找前辈。"

信 号 ［下］

—

或许是因为思念，或许是为自己的处境感到悲伤，秀贤的眼睛红了。她凝视窗外，久久没有开口。

"还有一样东西变了，电话。前辈失踪之后，打来一次电话，那是3个月之后的事。我每天都看前辈停在国道旁的汽车照片，看了一遍又一遍，希望能从中得到线索。那天我正专心看照片，电话铃响了。对方一句话也不说。只有波浪的声音传来。那一刻，我凭直觉判断出来了。虽然他没说一句话，但我大声问，是前辈吗？电话就断了。我立刻去电话局，调查刚才打到重案一组的电话是从哪里打来的，结果显示就是这个村庄的公用电话。虽然他一句话也没说，但肯定就是前辈，我觉得就是他。"

"你接到电话那天是2000年11月24日吗？"

"是的！"

秀贤的眼睛一亮。说不定她和海英能够找到材韩。

"那天李材韩刑警在这里给我寄了邮件，里面有重要的证物。邮局记录每年删除一次，所以无法确定寄件人是谁，现在可以推断是他了。"

海英把文件袋递给秀贤。秀贤的眼睛里闪烁着光芒。

"是这里，前辈真的在这附近出现过。"

"15年前应该是在这里，但是现在不是。15年前，他为什么把这封信交给我？他应该是料到自己会死，所以怀着一线希望，想把证据保留下来。"

"没有证据能够证明前辈死了。"

"我也希望他还活着。可是他不可能隐藏15年，一次都不和家人、同事联系，他不是这样的人。如果他还活着，应该会和我们联系的啊。"

"如果是迫不得已呢？比如根本没有能力和别人联系？比如昏迷不醒……"

"车刑警……"

"没有证据能够证明前辈死了，那就意味着他还活着。"

其实秀贤比谁都清楚，这个说法根本不能成立，可是她愿意相信到底。秀贤低着头，强忍住放声痛哭的冲动。看到文件袋上"定献疗养院"的标志时，她的视线动摇了。她从口袋里拿出手机，看了看短信，"2月5日千万不要去定献疗养院"。

"几天前收到的短信，我觉得内容不同寻常，于是去了全国各地的定献疗养院，可是什么都没有发现。那个通话的内容，只有前辈、你和我三个人知道，8月3日千万不要去善一精神病医院。这条短信的内容和通话内容一样。像这种小疗养院，不需要确认身份就可以住进去，在里面隐瞒身份居住多年也是可能的。"

"可是这说不通啊。李材韩刑警涉嫌杀人，一直处于被通缉状态，连信用卡都不能使用，怎么可能藏在这里15年呢？如果没有人帮忙，这是不可能做到的。"

是的，有人帮忙。材韩不可能不和家人或同事联系。这时，海英想起过去发生改变之后，他去钟表店确认材韩生死的时候，看到桌子上的烟灰缸里放着烧了一半的长途汽车票。

"对，如果是伯父，那就说得通了。"

"如果真的是李材韩刑警发来的短信……那就是说，去那里会有危险。您也知道的，他是8月3日去善一精神病医院时被人杀死的。对讲机还在他手

信号 ［下］

—

中，虽然他和我们断了联系，但可能联系上其他人，就像从前一样，和未来
的某个人联系。也许是未来的某个人警告李材韩刑警，2月5日定献疗养院会
发生危险的事情。"

"不，也可能是相反的情况。前辈听了通话内容，却还是去了善一精神
病医院，所以他觉得我们也会这样做，于是给我发了这条短信。"

两个人决定去看一看。他们一起乘车沿着海边公路前往定献疗养院。波
涛和从前没什么两样。

这件事从开始就很荒唐。从没有电池的对讲机发出信号开始，谁也不知
道这条路的尽头会有什么。海英决定先不要失望。虽然从未见过面，但他们
却是最亲密的朋友。究竟是见到这位老朋友，还是会有意外的危险在等待，
谁都不得而知。不过，无论怎么样都没关系。海英在海边公路上这样想道。

"只有一个事实不用怀疑。凭借一个人的意志开始的通话，对讲机那头
的声音教会我的一句话，不要放弃，只要不放弃，看似绝不可能受到惩罚的
权力也可能被摧毁，苦苦寻找15年的人也可能重逢。只要不放弃，就有希望。"

秀贤和海英快要到达定献疗养院的时候，一群身穿黑西装的男人闯进疗
养院，胡乱翻找病房。这时，放在某个病房窗前的旧对讲机发出了信号声。
一个男人从旁边的床上慢慢起身。那人正是材韩。

"过 去 是 可 以 改 变 的 。 绝 对 不 要 放 弃 。"

呼叫又开始了。

夜里23点23分。

不知从哪里传来刺刺啦啦的对讲机杂音。

海英回过神来，跑过去从包里拿出对讲机。

"李材韩刑警？刑警先生，是我。朴海英！多亏您，金允贞绑架案得以破案。您看新闻了吧？可是，徐亨俊尸体在善一医院的事，您是怎么知道的？"

对讲机那头传来材韩粗重的喘息声。

"您到底在哪个署？我怎么也找不到您，而且您是怎么知道我的？"

疑惑重重的海英接连问了好几个问题。材韩低沉地说道：

"朴海英警卫……这恐怕是我最后一次通话了。"

"这话……是什么……"

"这并不是结束，无线通话还会重新开始。到时候您必须劝说我，劝说1989年的李材韩……过去是可以改变的，千万不要放弃。"

图书在版编目（ＣＩＰ）数据

信号．下／（韩）金银姬，（韩）李仁熙著；薛舟，
徐丽红译．-- 北京：中国友谊出版公司，2023.4
ISBN 978-7-5057-5171-2

Ⅰ．①信… Ⅱ．①金… ②李… ③薛… ④徐… Ⅲ．
①长篇小说－韩国－现代 Ⅳ．① I312.645

中国版本图书馆 CIP 数据核字（2021）第 043638 号

著作权合同登记号　图字：01-2023-1054

시그널 2（SIGNAL2）

书名	信号（下）
作者	［韩］金银姬　［韩］李仁熙
译者	薛舟　徐丽红
出版	中国友谊出版公司
发行	中国友谊出版公司
经销	新华书店
印刷	三河市中晟雅豪印务有限公司
规格	880×1230 毫米　32 开
	7.25 印张　160 千字
版次	2023 年 4 月第 1 版
印次	2023 年 4 月第 1 次印刷
书号	ISBN 978-7-5057-5171-2
定价	45.00 元
地址	北京市朝阳区西坝河南里 17 号楼
邮编	100028
电话	（010）64678009

如发现图书质量问题，可联系调换。质量投诉电话：010-82069336